Martine Nijhoff wurde 1957 in Amsterdam geboren. Sie studierte Sozialgeographie und Spanisch und arbeitete beim Theater und als Drehbuchautorin. Die Idee zu dem Buch »Mein lieber Herr Bellmann« entstand, als ihre Kinder einen Briefwechsel mit einem Hund anfingen, den sie in den Ferien in Italien kennen gelernt hatten.

Doesjka Bramlage, geboren 1963 in Amsterdam, studierte Kunst und arbeitet seit 1985 als selbständige Illustratorin. Sie zeichnet für Zeitschriften und Werbeagenturen und hat zwei Bilderbücher illustriert. Die Zeichnungen für »Mein lieber Herr Bellmann« hat Doesjka Bramlage mit der linken Hand angefertigt, obwohl sie eigentlich Rechtshänderin ist. So wirken die Illustrationen wie von Kinderhand gemalt.

Unsere Adresse im Internet: www.fischerschatzinsel.de

Martine Nijhoff

Mein lieber Herr Bellmann

Aus dem Niederländischen
von Eva Schweikart

Mit Bildern
von Doesjka Bramlage

Fischer Schatzinsel

Fischer Schatzinsel
Herausgegeben von Eva Kutter

Die deutsche Übersetzung wurde ermöglicht durch die freundliche Unterstützung des Nederlands Literair Produktie- en Vertalingenfonds, Amsterdam

Veröffentlicht im Fischer Taschenbuch Verlag,
einem Unternehmen der S. Fischer Verlag GmbH,
Frankfurt am Main, August 2005

Die niederländische Originalausgabe erschien 2003 unter dem Titel
»Een heel bijzondere hond« bei Lemniscaat b.v., Rotterdam

Lektorat und Lettering: Julia Hanauer
Umschlagillustration: Doesjka Bramlage
Umschlaggestaltung: Buchholz/Hinsch/Hensinger
Satz: Pinkuin Satz und Datentechnik, Berlin
Druck und Bindung: Clausen & Bosse, Leck
Printed in Germany
ISBN 3-596-85167-X

Nach den Regeln der neuen Rechtschreibung

Für Pieter und Anders,
ohne die es dieses Buch nicht gäbe.
Für Wilfried und Ewa,
die im Namen von Boudewijn Briefe schrieben.
Zur Erinnerung an Boudewijn,
einen ganz besonderen Hund.

M. N.

Preisemann baute eine Hütte für Herrn Bellmann

Er kuckte sich die Hütte innen a

Kapitel 1

Bevor auf einmal alles anders wurde, wohnten sie beieinander: Hendrik, Ida, Pieter, Herr Bellmann und Rosa Hund. Sie wohnten alle zusammen in einer Etagenwohnung in Amsterdam.
In ihrer Straße gab es viele Läden, es waren dort jede Menge Leute unterwegs und es herrschte viel Verkehr. Autos fuhren an der Ampel dröhnend an, Straßenbahnen rumpelten mit lautem Bimmeln vorbei, Motorräder knatterten die Straße entlang.
Um zur Haustür zu gelangen, musste man eine Steintreppe hochgehen, und zwar neben der Bäckerei, die jedes Jahr zum Geburtstag der Königin orangefarbene Cremeschnitten verkaufte. Auf der Treppe war es immer ein wenig dunkel, und im Winter fühlte sich das Eisengeländer kalt an.

Preisemann ging arbeiten

Im Haus ging es dann noch drei Treppen hoch, denn sie wohnten im dritten Stock.
Pieter wohnte schon sein ganzes Leben lang in dem Haus.
In der Wohnung kam man erst in den Flur. Außer einem Wohnzimmer, einer Küche und einem Bad gab es noch zwei Schlafzimmer. Im einen schliefen Ida und Hendrik, und im anderen schlief Pieter.
Rosa Hund schlief in Pieters Bett, aber tagsüber saß er auf der Fensterbank hinter dem Vorhang.
Pieter hatte Rosa Hund schon sein ganzes Leben lang.
Ida hatte Rosa Hund für Pieter genäht, als er noch nicht geboren war. Aus irgendeinem Grund hatte Ida geglaubt, Pieter würde ein Mädchen, deshalb hatte sie einen *rosa* Hund gemacht. Als Pieter dann ein Junge war, hatten Ida und Hendrik sich nicht weniger gefreut. Und Hendrik meinte, ein Junge könne sehr wohl mit einem rosa Hund in der Wiege schlafen.
Eigentlich sah Rosa Hund nicht direkt wie ein

Herr Bellmann hatte es fein in seiner Hütte

Hund aus, eher wie ein leicht verunglücktes Kaninchen oder Schweinchen. Das Rosa war im Laufe der Jahre ziemlich verblasst, dadurch fiel es zum Glück nicht mehr ganz so auf, aber Pieter hielt es trotzdem für besser, dass Rosa Hund ein wenig versteckt hinter dem Vorhang saß. Tagsüber zumindest.

Herr Bellmann war auch schon immer bei ihnen gewesen. Jedenfalls so lange Pieter denken konnte. Hendrik hatte Pieter oft erzählt, wie er Herrn Bellmann vor sehr langer Zeit auf der Straße gefunden hatte.
»Sein Fell war ganz dreckig und verfilzt und er war so mager, dass man seine Rippen zählen konnte. Ein richtiges Häufchen Elend. Mama bestand darauf, ihn in die Badewanne zu stecken. Er würde drei Meilen gegen den Wind stinken, sagte sie. Herr Bellmann fand das Baden ganz schrecklich: Es war ein Mordstheater, weil er immer wieder aus der Wanne springen wollte. Du hättest

Eines Tages

das Badezimmer sehen sollen! Aber danach war er ganz weich und flauschig und duftete fein nach Fichtennadelshampoo. Trotzdem ließ er sich den ganzen Nachmittag nicht mehr blicken. Aber als er erst einmal so richtig sauber war und ein paar Tage tüchtig gegessen hatte, sah man, was für ein schöner Hund er eigentlich war.«

»Ein ganz besonderer Hund«, sagte Pieter, denn er kannte die Geschichte.

Hendrik nickte. »Sogar Mama musste das zugeben. Wir haben ihn Bellmann genannt, und du hast immer ›Herr Bell‹ zu ihm gesagt. Erst haben wir dir erklärt, dass man zu Hunden nicht ›Herr‹ sagt, aber dann haben wir eingesehen, dass Bellmann so ein kluger und eigenwilliger Hund ist, dass man ihn wirklich als ›Herrn‹ bezeichnen musste.«

Pieter nickte. »Genau, er war nämlich immer sein eigener Herr.«

Herr Bellmann war tatsächlich ein ganz besonderer Hund. Er war fröhlich, freundlich und fin-

dig. Er schaute so klug drein, als würde er alles verstehen. Das Besonderste aber war, dass Herr Bellmann lächeln konnte.
Manchmal sagte Hendrik, er würde sich nicht wundern, wenn Herr Bellmann eines schönen Tages zu sprechen anfange.

Ab dem Tag, an dem Herr Bellmann ins Haus gekommen war, schlief er auf einer Karodecke in der Küche. Wenn er träumte, war das ein witziger Anblick. Dann zuckte er mit den Pfoten und gab kleine Fiepslaute von sich.
Bestimmt träumt er, dass er einen Hasen verfolgt, dachte Pieter. Oder vielleicht wird er selber von einem Hasen verfolgt.
Hendrik führte Herrn Bellmann immer in der kleinen Grünanlage aus, die ganz in der Nähe war. Einmal morgens, bevor er zur Arbeit ging, und wenn er abends nach Hause kam, dann noch ein Mal. Und ab und zu gingen sie sonntags in den Wald oder in die Dünen.

Herr Bellmann dachte Rosa Hund ist eine Art Hase. Weil Rosa Hund nämlich Weisesprache sprach.
Die konnte Herr Bellmann nicht verstehen.

Der verletzte Freund durfte in seinem Bett schlafen.

 Hendrik war Herrn Bellmanns Herrchen. Aber Pieter war Herrn Bellmanns Freund.
Wenn er nachmittags aus der Schule kam, spielten sie oft Ritter und Drache. Pieter war der Ritter und Herr Bellmann der Drache.
»Wilder Drache Monsterkralle, komm nur her, ich mach dich alle!«, brüllte Pieter und versetzte dem Drachen mit Idas Regenschirm einen tödlichen Hieb. Und dann fiel Herr Bellmann tot um. Er machte das wunderbar und genau im richtigen Moment. Herr Bellmann war einfach ein toller Drache.

An der Pinnwand im Flur hing neben Pieters Freischwimmerzeugnis ein Foto, dessen Ecken ein wenig umgebogen waren. Darauf waren sie alle zu sehen: Hendrik, Ida, Pieter, Herr Bellmann und Rosa Hund.
Auf dem Foto krabbelt Pieter als kleiner Wicht mit bloßen Füßen durchs Gras. Rosa Hund sitzt auch im Gras, noch ganz neu-rosa. Herr Bell-

Preisemann baut für Rosa Hund ein Bett

mann liegt zu Hendriks Füßen und knabbert an einem Stock.
Hendrik und Ida sitzen mit heiteren lachenden Gesichtern im Gras. Sie sehen aus, als würden sie denken, dass der Himmel immer so blau, die Sonne immer so strahlend gelb und das Gras immer so grün bliebe. Sie ahnen noch nicht, dass all diese Heiterkeit und Sonnigkeit verschwinden werden. Dass sie verblassen werden wie das Rosa von Rosa Hund.
Nachdem Hendrik ganz plötzlich mit Herrn Bellmann fortgegangen war, hatte Pieter auf einmal etwas auf dem Foto gesehen. Etwas, das ihm früher nie aufgefallen war. Vielleicht weil er vorher nicht so genau hingeschaut hatte. Weil das Foto eben immer da hing, und dann sah man es zwar, aber man schaute es eigentlich nicht *genau* an. Weil das nicht so wichtig schien. Damals.
Es war ein kleiner Fleck. Oben in der Ecke, im Himmelsblau.
Natürlich konnte es ein Fliegendreck sein. Oder

vielleicht ein Spritzer, der beim Entwickeln des Fotos draufgekommen war.

Aber wenn man ganz genau hinschaute, sah man, dass es kein solcher Fleck war. Da war *etwas* über den lachenden Gesichtern am Himmel. Pieter sah deutlich, dass es wie ein Ei geformt war, ein klitzekleines Ei. Oben an dem Ei war eine Art Strich, daran sah man, dass es sich bewegte. Ein Ei, das vom blauen Himmel herabgesaust kam.

Wenn man genau hinschaute, schien es, als würde Rosa Hund sich im Boden einbuddeln wollen. Und Herr Bellmann blickt von dem Stock zwischen seinen Pfoten auf. Vielleicht, weil er etwas hört oder riecht.

Ida und Hendrik und Pieter aber schauen froh drein und lachen. Die merken nichts.

Wie sollte man aber auch ahnen, dachte Pieter, dass plötzlich ein geheimnisvolles Ei vom Himmel herabkommt und einem vor die Füße plumpst, während man vergnügt unterm blauen Himmel im warmen Sonnenschein im Gras spielt?

Kapitel 2

Pieter hatte einen Plan. Er wollte den Ritter-und-Drache-Kampf beim Schulfest aufführen, das immer kurz vor den Sommerferien stattfand. Dann spielten die Kinder in der Aula Theaterstücke. Dort gab es eine große Bühne mit einem Vorhang aus dunkelblauem Samt.

Pieter erzählte Wilhelmine davon. Wilhelmine saß in der Schule neben ihm. Sie kannten einander schon vom Kindergarten. Wilhelmine hatte Pieter einmal im Sandkasten mit einer Schaufel die Nase blutig geschlagen. Ganz aus Versehen, denn so etwas würde Wilhelmine nie mit Absicht machen. Sie fand es so schlimm, dass sie selbst furchtbar weinen musste. Wilhelmine weinte leicht, wenn ihr jemand Leid tat, und das kam ziemlich oft vor. Kinder, die nicht bei den anderen mitspielen

durften, taten ihr Leid, Tiere, die gequält wurden, und Menschen, die alt und krank waren. Sie wollte später Krankenschwester oder Schwesternhelferin werden.

Wilhelmine durfte das Edelfräulein sein, das der Drache gefangen hielt.
Pieter machte vor, wie der Ritter sich durch einen Urwald voller Fleisch fressender Pflanzen zu der Höhle durchschlägt, in der der Drache das Edelfräulein gefangen hält.
»Was soll ich denn tun?«, fragte Wilhelmine.
»Heulen«, sagte Pieter. »Und dann taucht der Ritter auf und kämpft mit dem Drachen.« Er machte es vor. »Wilder Drache Monsterkralle, komm nur her, ich mach dich alle! Und dann – zackbumm! – fällt der Drache tot um.«
»Der Arme!«, sagte Wilhelmine.
»Wir tun doch nur so.«
»Ach so. Kann Herr Bellmann das denn?«
Pieter versicherte ihr, dass Herr Bellmann ein tol-

ler Drache war, der genau im richtigen Moment tot umfallen konnte.
»Ich könnte bei dem Kampf laut kreischen«, schlug Wilhelmine vor.
Die Idee gefiel Pieter. »Und wenn der Drache tot ist, befreit der Ritter das Edelfräulein aus dem Kerker tief in der Höhle.«
»Und dann?«, fragte Wilhelmine.
»Dann ist Schluss«, sagte Pieter. Wilhelmine meinte, das Edelfräulein und der Ritter müssten anschließend heiraten. Warum sonst sollte der Ritter das Edelfräulein mit so viel Aufwand befreien?
»Na, weil er eben ein Held ist«, sagte Pieter, aber diesen Grund fand Wilhelmine blöd.
Schließlich gab Pieter nach. »Meinetwegen, dann heiraten sie eben.«
Der wichtigste Teil war aber der Kampf mit dem Drachen.
Sie probten den ganzen Nachmittag lang und machten dann ab, dass sie das Stück am nächsten Tag der Lehrerin vorführen wollten. Dann

war nämlich Freitag, und freitagnachmittags bekamen sie immer Geschichten vorgelesen und machten Spiele statt Rechenaufgaben und Rechtschreibung.

Als Hendrik am Abend zur Tür hereinkam, begann Pieter gleich von dem Theaterstück zu erzählen. Hendrik hörte nur mit halbem Ohr zu. Er zog seine Jacke nicht aus, sondern nahm die Leine von Herrn Bellmann, der schwanzwedelnd angelaufen kam.
»Und morgen spielen wir es vor, da muss er dann mit in die Schule, geht das?«, fragte Pieter.
Hendrik murmelte: »Jaja.«
»Hendrik?«, rief Ida aus der Küche. Hendrik verschwand mit Herrn Bellmann nach draußen. Die Tür fiel ins Schloss.
»War das Papa?«, fragte Ida.
Pieter nickte.
Sie sagte nichts, runzelte nur kurz die Stirn und kochte dann in der Küche weiter.

Daran, wie sie die Töpfe auf den Herd knallte, merkte Pieter, dass sie wütend war.
Seufzend ging er in sein Zimmer.
Rosa Hund saß an seinem gewohnten Platz hinter dem Vorhang.
Das Fenster von Pieters Zimmer ging auf einen unordentlichen Hinterhof hinaus. Er gehörte zur Bäckerei und manchmal stöberten Straßenkatzen dort zwischen den Pappkartons herum.
Auf der Fensterbank standen auch Pieters Pflanzen: eine Venusfliegenfalle, eine Kannenpflanze und ein Lebender Stein. Die Venusfliegenfalle und die Kannenpflanze stammten aus dem tropischen Regenwald. Deshalb gab Pieter ihnen jeden Tag Wasser. Regenwasser.
Der Lebende Stein dagegen durfte fast nie Wasser bekommen, nur ab und zu ein winziges bisschen. Er stammte nicht aus dem Regenwald, sondern aus der Wüste. Von zu viel Wasser ging er ein.
Komisch ist das, dachte Pieter, was für den einen gut ist, ist für den anderen wieder grundfalsch.

Beim Abendessen schwiegen Hendrik und Ida einander böse an. Pieter hielt es für besser, nicht über Herrn Bellmann zu reden.
Als er später am Abend im Bett lag, begann der Streit.
Pieter kriegte nicht mit, worum es ging, lauschte aber trotzdem wie gebannt. Manchmal schnappte er ein Wort auf, aber oft war es eines, dessen Bedeutung er nicht kannte.
»... murmelmurmel ... nicht einen Funken ... murmelmurmel!« Das war Idas Stimme.
»... brummbrummbrumm ... *hirntot*!« Hendrik.
Es klang beängstigend. Pieter wusste nicht, was hirntot war, aber dass es etwas ganz Schlimmes sein musste, war ihm klar.
Er war froh, als Herr Bellmann in sein Zimmer kam. Herr Bellmann merkte offenbar, dass Pieter solche Streitereien schrecklich fand.
Pieter stand auf und machte die Tür zu, damit er die lauten Streitstimmen nicht mehr zu hören brauchte. Er schlüpfte wieder unter die Decke.

Sie kriegten NIE streit

Herr Bellmann sprang aufs Bett und legte sich zu ihm.
Pieter legte die Arme um Herrn Bellmann und drückte sein Gesicht an den warmen Hundekörper.
Es war so beruhigend, Herrn Bellmann in der Nähe zu haben, wenn hinter der Tür gestritten wurde.

Am Morgen wurde Pieter von einem Wackeln in seinem Bett wach. Es war Herr Bellmann, der sich kratzte.
»He du, lass das«, murmelte Pieter verschlafen.
Herr Bellmann sprang auf den Boden und schüttelte sich. Er ging zur Tür und warf Pieter einen fragenden Blick zu. Pieter stand auf, um die Tür für Herrn Bellmann aufzumachen.
Da sah er den Fleck. Einen rosa Fleck in Herrn Bellmanns Fell, nahe beim Schwanz. Einen kahlen Fleck. Man konnte Herrn Bellmanns nackte rosa Haut sehen.
»Paps!«

Pieter riss die Tür von Idas und Hendriks Schlafzimmer auf. Da war keiner.
Jemand stand unter der Dusche, und als Pieter vor der Tür »Papa!« rief, antwortete Ida.
»Wo ist Papa?«, fragte Pieter durch die geschlossene Tür ganz laut, um die Duschgeräusche zu übertönen.
»Was ist denn los?« Hendriks Stimme kam aus dem Wohnzimmer.
Gähnend und mit wirrem Haar stemmte Hendrik sich vom Wohnzimmersofa hoch, auf dem er geschlafen hatte.
Er kraulte Herrn Bellmann, der ihn begrüßte, abwesend am Kopf.
»Paps, Herr Bellmann hat einen Fleck.«
»Einen Fleck?«
Hendrik sah sich die Stelle an, auf die Pieter zeigte.
»Verflixt, ein kahler Fleck«, sagte er.
Als sie genauer hinsahen, entdeckten sie noch mehr solche Flecken.

»Ist das schlimm, die Flecken?« Aus irgendeinem Grund musste Pieter an das grässliche *hirntot* denken. Das Wort war ihm die ganze Nacht durch den Kopf gespukt. Er wusste zwar nicht, was Herrn Bellmanns Flecken mit dem Hirn zu tun haben könnten, aber es beunruhigte ihn trotzdem.

»Ich weiß nicht.« Hendrik sah besorgt drein. »Am besten gehe ich heute mit ihm zum Tierarzt.«

»Aber er muss doch heute mit in die Schule«, sagte Pieter.

»Mit in die Schule? Wieso das?«, fragte Ida, die mit nassen Haaren ins Zimmer kam.

»Er muss doch Drache sein.«

»Drache?«

»In dem Theaterstück. Papa hat's erlaubt.«

»Du hast das erlaubt?«

»Ich weiß von nichts.«

Das fand Pieter nun total unfair. Er hatte Hendrik doch gestern laut und deutlich gefragt. Was

konnte er dafür, dass Hendrik nie zuhörte, wenn man was sagte?
»Doch!«, sagte Pieter empört. »Ich hab gefragt, und du hast Ja gesagt.«
»Ach ja?«
»Ja! Du hast gesagt *Jaja.*«
»Ach so«, sagte Hendrik. »*Jaja.* Das ist aber nicht dasselbe wie *Ja.*«
Das war mal wieder typisch für die Erwachsenen. Erst sagten sie was, und später sagten sie dann, sie hätten was ganz anderes gesagt. Oder sie hätten was anderes gemeint.
Hoffnungsvoll sah Pieter Ida an. Aber Ida sagte, sie halte es nicht für gut, wenn Herr Bellmann mit diesen Flecken mit in die Schule gehe.
»Womöglich ist es ansteckend«, sagte sie.
Hendrik murmelte etwas vor sich hin, Ida fragte daraufhin ziemlich schroff, was er gesagt habe, und Hendrik sagte »nichts-nichts«, und Ida wiederum, sie meine aber, er habe was gesagt. Darauf gab Hendrik keine Antwort. Zu Pieter sagte er,

wahrscheinlich sei es nichts Schlimmes oder Ansteckendes, aber sicherheitshalber werde er doch später mit Herrn Bellmann zum Tierarzt gehen.

»Flecken?«, sagte Wilhelmine. »Der Arme!«
Pieter nickte. »Mein Vater muss erst mal mit ihm zum Tierarzt.«
Wilhelmine nickte verständnisvoll. Sie selbst hatte manchmal Ausschlag, gegen den sie dann eine Salbe bekam.
»Vielleicht verschreibt der Tierarzt eine Salbe, dann geht es im Nu weg«, sagte sie aufmunternd.
Pieter hoffte, dass der Tierarzt eine Salbe gegen Flecken hatte.

Kapitel 3

»Guck mal, Mami, so sieht der Ritter aus.«
Pieter hielt Ida seine Zeichnung von einem Ritter mit Helm und Kettenhemd hin. Es war eine Heidenarbeit gewesen, die vielen kleinen Ringe des Kettenhemds zu zeichnen.
Ida blickte von ihren Lehrbüchern auf. Sie machte eine Ausbildung zur Innenarchitektin. Sie hatte Pieter erzählt, dass Innenarchitekten sich ausdenken, wie man Häuser innen einrichtet. Pieter verstand nicht, weshalb man dafür so viel lernen musste. Das konnte man sich doch auch einfach so ausdenken.
»Wunderschön, mein Schatz.«
»Kannst du das machen? Wilhelmines Mutter macht für Wilhelmine ein Edelfräuleinkleid.«

»Aha.« Ida schaute bedenklich drein. »Aber ein Kettenhemd? Wie soll ich das hinkriegen?«
»Häkeln?«, schlug Pieter vor.
Ida lächelte und strich ihm über den Kopf.
»Ich werde sehen, was ich tun kann«, sagte sie. Dann guckte sie zum x-ten Mal auf die Uhr und sagte, sie wolle jetzt mit dem Essen nicht länger auf Hendrik warten. Er hätte längst vom Tierarzt zurück sein müssen.

Als Pieter ins Bett musste, war Hendrik immer noch nicht da. Pieter wurde unruhig. Hoffentlich war nichts Schlimmes mit Herrn Bellmann. Vielleicht waren die Flecken ja etwas sehr Ernstes. Vielleicht gab es überhaupt keine Salbe, die gegen Flecken half. Vielleicht musste Herr Bellmann sogar daran sterben. Oder, was noch schlimmer wäre, vielleicht hatte der Tierarzt Herrn Bellmann bereits …
Da ging die Wohnungstür. Pieter hörte Ida und

Hendrik reden. Murmelmurmel. Brummbrummbrumm.

Er hielt es nicht mehr aus. Leise schlüpfte er aus dem Bett und ging durch den Flur in die Küche. Zu seiner Erleichterung lag Herr Bellmann auf seiner Decke. Pieter ging neben ihm in die Hocke und streichelte seinen Kopf.

»Hast du eine Salbe gekriegt?«, fragte er. Herr Bellmann wedelte ein bisschen mit dem Schwanz. Er sah etwas mitgenommen aus, fand Pieter.

Im Wohnzimmer saß Ida auf dem Sofa und sah schweigend zum Fernseher hin, der gar nicht an war. Hendrik stand, noch in seiner Jacke, am Fenster und starrte in die Dunkelheit hinaus. Als würden die beiden sich weit weg auf einem anderen Planeten tief im Weltall befinden.

Ida zuckte zusammen, als sie Pieter plötzlich in der Tür sah.

»Warum liegst du nicht im Bett?«, fragte sie mit seltsam heiserer Stimme.

»Ist es sehr schlimm mit den Flecken?«, fragte Pieter zaghaft.
»Flecken?«, sagte Ida verständnislos.
»Herrn Bellmanns Flecken.«
Hendrik drehte sich um und sah ihn an. »Aber nein, mach dir keine Sorgen.«
Irgendwie klang es nicht sehr beruhigend.

Pieter war froh, dass Herr Bellmann zu ihm kam, als er wieder ins Bett schlüpfte. Er legte ihm die Arme um den Hals und kuschelte sich unter die Decke.
»Morgen darfst du mit in die Schule«, flüsterte er Herrn Bellmann ins Ohr. »Dann darfst du Drache sein.«
Er sah ganz deutlich, dass Herr Bellmann ihm zuzwinkerte.

Alles war still. Pieter wurde halb wach. Es war noch immer dunkel.

Hendrik stand neben seinem Bett und guckte ihn an. Er hatte immer noch seine Jacke an.
»Ich wollte dich nicht wecken.« Hendrik strich ihm über den Kopf. »Ich wollte nur …« Er brach ab. »Ich wollte dir rasch sagen, dass ich dich lieb habe. Was auch immer passiert.«
Dann wandte er sich schnell um und ging mit eiligen Schritten zur Tür.
Herr Bellmann sprang vom Bett und lief hinter Hendrik her.
An der Tür drehte Hendrik sich um. »Sei mir nicht böse, mein Junge«, sagte er. Seine Stimme klang heiser.
»Was meinst du, Papa?«, wollte Pieter fragen, aber er war noch ganz verschlafen, und da hatte Hendrik die Tür auch schon hinter sich zugemacht.

Pieter wurde in aller Frühe wach. Es war noch ganz still im Haus. Er rief nach Herrn Bellmann,

Am nächsten Morgen wachte Herr Bellmann früh auf...

aber der kam nicht. Wahrscheinlich führte Hendrik ihn gerade aus.
In der Küche hatte Pieter plötzlich das Gefühl, dass etwas nicht stimmte.
Der Abwasch vom Vortag stand noch da. Das war merkwürdig, denn Ida mochte es nicht, dass der Abwasch stehen blieb. Trotzdem, es war nicht das, was so merkwürdig war.
Hinter der Schlafzimmertür von Ida und Hendrik hörte er Ida. Anscheinend weinte sie. Erschrocken stand er da und lauschte. Das konnte doch nicht Mama sein?
Ganz leise öffnete er die Tür. Ida saß auf der Bettkante. Sie weinte mit langen Schluchzern und merkte gar nicht, dass Pieter im Zimmer stand. Hendriks Bettseite war leer.
Pieter bekam ein komisches Gefühl im Magen. Als wäre da plötzlich ein schwerer Stein hineingeplumpst.
Er drehte sich um, rannte in sein Zimmer zurück

und verkroch sich tief unter der Decke. Ganz still wollte er liegen bleiben, bis Ida rief, dass er in die Schule musste. Dann würde der schwere Stein verschwinden, und alles wäre wieder normal.

Nach einer Weile ging die Tür seines Zimmers auf, und er hörte Ida hereinkommen. Sie sagte aber nicht wie sonst »Aufstehen, mein Schatz«, und sie zog auch den Vorhang nicht auf.

»Pieter? Schläfst du noch?«

»Ja«, sagte Pieter mit erstickter Stimme. Er blieb in Sicherheit unter der Decke. Da spürte er, dass Ida sich aufs Bett setzte. Er wartete darauf, dass sie die Decke wegzog, und als sie das nicht tat, spähte er vorsichtig durch die Wimpern. Sie weinte nicht mehr, doch ihre Augen waren gerötet, und das Gesicht war blass und fleckig. Sie sah ihn so betrübt an, dass ihm fast das Herz stehen blieb.

»Dein Vater …«, fing sie an. Aber dann brach sie ab und seufzte.

Pieter hielt es nicht mehr aus. Was auch immer es war, er musste es unbedingt wissen.
»Was ist denn, Mami? Was ist mit Papa?« Seine Stimme klang fremd und piepsig.
»Er ist von uns fortgegangen.«
»Fortgegangen? Aber er kommt doch bestimmt wieder, heute Abend oder so?« Pieter sah Ida verständnislos an.
Schweigend schüttelte sie den Kopf.
Aber das war doch unmöglich! Hendrik konnte doch nicht einfach fortgehen und nicht mehr wiederkommen!
In Pieters Kopf überstürzten sich die Gedanken. Er dachte an die vielen Streitereien und daran, dass Hendrik öfter mal auf dem Sofa geschlafen hatte. An »hirntot« und an zappelnde Fliegen in den Klappen der Venusfliegenfalle. Nie und nimmer hätte er sich träumen lassen, dass Hendrik fortgehen würde, egal, wie oft er auf dem Sofa schlief. Wie oft es auch Streit ge-

geben hatte, Hendrik durfte doch nicht einfach fortgehen!

Ida nahm ihn in die Arme und drückte ihn unbeholfen an sich. »Ach, mein Junge …«, seufzte sie.

Der schwere Stein in Pieters Magen wurde so groß wie ein Felsbrocken. Seine Kehle war wie zugeschnürt, und er brachte keinen Laut hervor.

Langsam begriff er, dass Hendrik nicht wiederkam. Dass er heute Abend nach der Arbeit nicht zur Tür hereinkommen und nach Herrn Bellmann pfeifen würde, um ihn auszuführen.

Ida schaute ihn mit starrem bleichem Gesicht an. So hatte er sie noch nie gesehen. Ihre Augen wirkten, als würde sie jeden Moment wieder losweinen.

Pieter wollte auch weinen, aber die Tränen blieben irgendwie stecken. Als würde der Stein sie zurückhalten. Der Hals tat ihm davon weh.

Dann sagte Ida, er müsse in die Schule, und zog ihn zum Frühstücken in die Küche.

Die Küche war noch immer merkwürdig leer. Auf einmal wusste Pieter, was da nicht stimmte: Herrn Bellmanns Decke war weg!
»Was ist mit Herrn Bellmann?«, brachte er mühsam hervor.
»Er hat Herrn Bellmann mitgenommen.«
Ganz plötzlich war der schwere Stein in seinem Innern weg. Wut stieg in ihm auf, und mit einem Schlag hatte er seine Stimme wieder.
»Aber das ist gemein!«, schrie er zornig. »Er muss Herrn Bellmann zurückbringen!«
»Ach, mein Junge …«, sagte Ida wieder und begann erneut zu weinen. Sie schluchzte und schniefte.
Pieter fühlte sich ganz hilflos.
Aber je länger Ida weinte, desto zorniger wurde er.
Es war alles Hendriks Schuld! Einfach fortgehen und Ida zum Weinen bringen! Und dann auch noch Herrn Bellmann mitnehmen!

Herr Bellmann fand das ganz
doof von PReisemann!!!
Armer Rosa Hund, der musste
was suchen, was es
Garnicht gibt!!!

Schließlich wischte Ida die Tränen ab und putzte sich die Nase. Sie zog Pieter auf ihren Schoß und sagte: »Aber wir haben zumindest einander, nicht wahr, mein Kleiner? Wir brauchen ihn überhaupt nicht. Wir zwei beide werden schon zurechtkommen.«

Danach hatten sie alle Hände voll zu tun, um zu beweisen, dass sie Hendrik überhaupt nicht brauchten.
Ida ging arbeiten. Sie fand eine Stelle als Bodenstewardess. Auf dem Flughafen musste sie hinter einem Schalter Tickets und Pässe von Reisenden kontrollieren.
Pieter wusste, dass Ida früher, vor seiner Geburt, Stewardess gewesen war, und zwar eine richtige in Flugzeugen. Sie war über die ganze Welt geflogen, in lauter ferne Städte wie Kuala Lumpur und New York und Kairo. Eine echte Stewardess zu sein, schien Pieter viel schöner als so eine Mo-

Bestimmt werden sie ganz bald wider kommen.

gelstewardess am Boden. Und Fliegen fand er auch viel schöner als Häuser innen zu entwerfen. Aber Ida meinte, nach einer Weile hätte man genug vom Fliegen, und schließlich könne sie auch nicht tagelang wegbleiben, denn wegen Pieter müsse ja jemand zu Hause sein.

Wenn sie zur Arbeit ging, trug sie ein blaues Kostüm und hatte die Haare hochgesteckt.

Pieter fand sie wunderschön, wie eine Dame aus der Werbung sah sie aus. Am schönsten war der Anstecker an ihrer Jacke: zwei glänzende Silberflügel, die sich auf dem himmelblauen Stoff nach links und nach rechts ausstreckten.

Pieter ging von nun an allein von der Schule nach Hause. Ida meinte, dafür sei er groß genug. Es war nur ein kurzer Weg, und außerdem ging es nicht anders, denn oft war sie noch nicht zu Hause, wenn Pieter Schulschluss hatte.

Dann zeichnete er meistens in seinen neuen Zeichenblock, den Ida ihm geschenkt hatte. Er zeich-

nete immer Herrn Bellmann. Auf seinen Zeichnungen erlebte Herr Bellmann lauter spannende Abenteuer.

Wenn Ida nach Hause kam, zog sie die blaue Uniform aus und schlüpfte in ihre Alltagskleider. Auf dem Nachhauseweg hatte sie eingekauft. Sie räumte die Wohnung auf, wusch die Wäsche und kochte Essen. Nach dem Essen machten sie zusammen den Abwasch. Ida spülte und Pieter trocknete ab. Anschließend brachte Ida Pieter ins Bett. Nachdem sie ihm Gute Nacht gesagt hatte, setzte sie sich ins Wohnzimmer an ihren Schreibtisch und lernte.
Es lief prima. Sie kamen zu zweit bestens zurecht. Hendrik konnte ruhig wegbleiben.

Kapitel 4

Ida hatte nicht mehr an das Ritterkostüm gedacht, und Pieter hatte sie auch nicht daran erinnern wollen. Sie hatte ohnehin schon genug zu tun, und ohne Drache machte das Ganze sowieso keinen Spaß mehr.
Wilhelmine fand Hendrik auch voll gemein.
Aber das Theaterstück abblasen wollte sie nicht.
»Dann hätte meine Mutter ja ganz umsonst ein Kleid genäht«, sagte sie.
Stolz erzählte sie, wie prachtvoll das Kleid aussah, ganz rosa und mit viel Tüll.
Pieter wusste nicht, was Tüll war, und es interessierte ihn auch nicht sonderlich.
»Gisbert kann doch Drache sein«, meinte Wilhelmine vorsichtig.
Gisbert sah auf, als er seinen Namen hörte. Er

war noch neu in der Klasse. Er war ein wenig schüchtern und hielt sich deshalb meistens abseits, wenn die anderen Kinder in Gruppen spielten oder lernten.
Wilhelmine hatte Mitleid mit Gisbert, aber Pieter fand ihn nur trantütig.
»Gisbert ist als Drache bestimmt eine Niete«, sagte Pieter laut und warf ihm einen verächtlichen Blick zu.
Gisbert guckte schnell weg.
Wilhelmine versetzte Pieter zur Strafe einen Rippenstoß.

Als der Brief kam, hatte Pieter Angst, Ida würde wieder weinen.
Ein Brief von Hendrik. Pieter hatte ihn auf der Türmatte gefunden. Er war an Ida gerichtet. Auf dem Umschlag klebte eine italienische Briefmarke und als Absender stand da *Hendrik*. Und darunter eine Adresse in Italien.
Pieter hatte Ida den Brief gegeben. Ida hielt ihn

kurz in den Händen, dann riss sie ihn auf. Ihr Blick glitt über die Zeilen. Anschließend zerriss sie den Brief in lauter kleine Schnipsel und warf sie in den Abfalleimer. Dann räumte sie den Frühstückstisch ab. Sie verlor kein Wort darüber, was in dem Brief stand.
Pieter fragte: »Kommt er wieder?«
»Nein«, sagte Ida. Und das war's.
Sie zerknüllte den Umschlag und warf auch den in den Abfalleimer, auf die Orangenschalen drauf.
Pieter hatte eine Idee. Als Ida aus dem Zimmer gegangen war, schrieb er einen Brief.

Liber Herr Bellmann,
warum bist du nach Italjen gegangen?
Du musst doch Drache sein. Komm wider.
PS: Hendrik braucht nicht mehr wider kommen!!! Nie mer.
Der ist ein Schuft. Das sagt Mama auch.
Dein Freunt Pieter

Auf dem Schulweg warf Pieter den Brief ein. Er war voller Hoffnung. Bestimmt würde Herr Bellmann verstehen, dass er ganz bald wiederkommen musste.
Da fiel ihm ein, dass er Ida nun bitten musste, sein Kostüm zu machen. Davor graute ihm ein wenig, weil es ihm vorkam, als wäre sie ständig so angespannt, dass sie jeden Moment explodieren konnte. Zum Beispiel, wenn Pieter sie bitten würde, ein Ritterkostüm zu machen.

Wilhelmine wollte es erst nicht recht glauben, als Pieter erzählte, er habe Herrn Bellmann einen Brief geschrieben und ihn gebeten, wiederzukommen. Sie saßen zusammen in seinem Zimmer. Rosa Hund saß unsichtbar auf der Fensterbank hinter dem Vorhang.
Wilhelmine fragte, wie Herr Bellmann denn zurückkommen sollte. »Er kann ja wohl nicht durch die Luft fliegen, oder?«, meinte sie leicht spöttisch.

»Herr Bellmann ist zufällig ein ganz besonderer Hund«, sagte Pieter beleidigt. Wilhelmine wollte wahrscheinlich lieber diesen Langweiler Gisbert als Drachen.
Es tat ihm schon Leid, dass er ihr von dem Brief erzählt hatte, und er beschloss, nicht mehr darüber zu reden. Sie würde schon sehen.
Mit dem Blick folgte er einer Fliege, die durchs Zimmer flog, und fing sie dann mit einer schnellen Handbewegung.
Die Kannenpflanze war dran. Pieter ließ die Fliege in ihren Kelch fallen. Panisch schwamm sie im Kelchsaft rundherum.
Wilhelmine guckte mit großen Augen zu. »Ach je, die Arme!«, sagte sie.
»Gleich säuft sie ab«, sagte Pieter ungerührt.
Zufrieden bemerkte er Wilhelmines erschrockene Miene und setzte noch eins drauf: »Dann wird sie von dem Saft verdaut.« Und er erzählte ausführlich, wie die Venusfliegenfalle mit ihren klebrigen Härchen Fliegen anlockte und dann mit ihren

Klappen umschloss. »Manchmal sieht man sie da drin noch eine Weile zappeln«, endete er.
»Igitt-igitt«, sagte Wilhelmine.
Aber Pieter meinte, Venusfliegenfallen und Kannenpflanzen müssten auch leben.

Allerdings war es Wilhelmine zu verdanken, dass Ida an das Kostüm erinnert wurde. Wilhelmine hatte vorgeschlagen, im Wohnzimmer zu proben, wo Ida gerade beim Lernen war.
Pieter brüllte und Wilhelmine kreischte. Seufzend stand Ida auf und fragte, warum sie solchen Lärm machten.
»Wir proben«, sagte Wilhelmine eifrig. »Ich bin das Edelfräulein, und Pieter muss mich vor dem Drachen retten. Er ist der Ritter. Wir führen das Stück in der Schule auf.«
Sie guckten, ob Ida kapiert hatte.
»Ach ja, stimmt«, sagte sie, »das Ritterkostüm, daran hatte ich gar nicht mehr gedacht, blöd von mir. Ich mache mich demnächst dran.«

Pieter und Wilhelmine sahen einander zufrieden an.

Gleich am nächsten Tag machte sich Ida an das Ritterkostüm. Als sie von der Arbeit nach Hause kam, zeigte sie Pieter den Stoff, den sie gekauft hatte.
Er hatte ein glänzendes Fleckenmuster auf schwarzem Grund. Er war ganz weich, und wenn man ihn bewegte, schimmerte er in allen Regenbogenfarben.
Irgendwie sah er aus wie die Haut einer Schlange oder eines Drachen.
»Der ist für die Tunika«, sagte Ida.
Sie holte die Nähmaschine hervor. Bis spätabends hörte Pieter das Surren hinter der Wohnzimmertür.

Kapitel 5

Auf der Türmatte lag ein Umschlag mit einer italienischen Briefmarke. Und als Absender war ein Pfotenabdruck drauf. Ein Brief von Herrn Bellmann! Bestimmt stand darin, dass er wiederkam.

Pieter unterdrückte einen Freudenschrei. Er wollte Ida nicht wecken.

Hastig riss er den Umschlag auf und zog das beschriebene Papier heraus.

In dem Moment hörte er, dass Ida aufstand.

Er hielt den Brief hinter seinen Rücken und lief rasch in sein Zimmer. Ida sollte ihn nicht sehen. Ein Brief aus Italien würde sie wahrscheinlich furchtbar aufregen.

Lieber Pieter,

tausend Dank für deinen Brief, über den ich mich riesig gefreut habe.
Ich verstehe gut, dass du böse bist. Ich war durch unseren plötzlichen Aufbruch auch ziemlich verwirrt.
Hendrik selber war ebenfalls durcheinander. Er konnte überhaupt nicht erklären, warum wir fortgegangen waren und wohin wir gingen.
Als ich nichtsahnend mit ihm ging, dachte ich natürlich, wir würden den gewohnten Spaziergang zur Grünanlage machen. Ich hätte mir nicht träumen lassen, dass wir so mir nichts, dir nichts ans Ende der Welt reisen würden. In ein anderes Land sogar!
Eigentlich glaube ich, Hendrik selber wusste das auch nicht. Es überkam ihn einfach, obwohl ich vermute, dass ihm schon länger so was durch den Kopf ging. Er war sich nur nicht im Klaren darüber.
Du weißt ja, dass ich auch manchmal weggelaufen bin. Irgendwas in einem drin macht, dass man plötzlich ausreißt. Ich wusste auch nie, wohin ich ging und warum. Ich ging einfach der Nase nach.
Mir scheint, bei Hendrik war es genauso.

Jetzt liegt diese Reise, die kein Ende nehmen wollte, schon wieder weit zurück.
Das Haus, in dem wir nun wohnen, steht in den Hügeln, weitab von der Hektik der Stadt. Es ist aus schweren Natursteinblöcken gebaut und hat ein Dach aus gewölbten roten Ziegeln. Seine Fenster sind klein, damit im Sommer die Hitze und im Winter die Kälte draußen bleibt.
Hendrik hat es per Zufall gefunden. Er sah einen Wegweiser mit der Aufschrift Casa Felice. *Das ist italienisch und heißt* Glückliches Haus. *Klingt schön, was? Also nahm er diesen Weg.*
Das Haus war zu vermieten. Hendrik meinte, das sei ein Zeichen, und er beschloss, dass wir dort bleiben sollten.

Ich brauche hier nicht an der Leine zu gehen! Nicht mal mein Halsband mit der Marke brauche ich zu tragen.
Casa Felice *steht bei einem hohen Hügel – man kann ihn auch einen kleinen Berg nennen –, der Monte Luna heißt, Mondberg also.*
Wenn man den Berg hinaufgeht, kommt man in einen Wald aus lauter Tannen. Ein herrlicher Ort, denn auf dem Boden unter den Bäumen liegen massenweise Tannenzapfen.
Am Weg, der bergab führt, steht noch ein weiteres

Haus. Da wohnt ein Kater namens Piccolo. Piccolo bedeutet Kleiner! Nun denkst du vielleicht, der Kater sei klein, aber weit gefehlt – es ist der größte und fetteste Kater, den du je gesehen hast, außerdem ist er hässlich wie die Nacht, ganz seltsam gefleckt und auf einem Auge blind. Sein Frauchen hat auch einen ganz komischen, ja, eigentlich verrückten Namen: Gesuina. (Dsche-su-iena spricht man das aus.) Es bedeutet Jesus, aber als Mädchenname.

Als Gesuina zum Kennenlernen vorbeikam, hatte sie ein Huhn dabei, das sie selber geschlachtet und gerupft hatte. Als Geschenk für Hendrik. Sie quasselte ihn auf Italienisch voll, aber wenn du mich fragst, hat er nicht ein Wort verstanden.

Neulich hat sie Speckschwarten für die Vögel in die Bäume gehängt. Sie riechen total lecker, aber sie hängen so hoch, dass ich nicht drankomme. Ich habe versucht, ganz hoch zu springen und sie von den Ästen zu schnappen, aber das hat nicht geklappt.

Da dachte ich, ich könnte mich ja mit Piccolo zusammentun. Der kann nämlich auf Bäume klettern.

Der Blödian wusste aber nicht mal, was da Interessantes an den Ästen hing. Du kannst dir gar nicht vorstellen, wie faul er ist. Nicht eine Pfote

hat er gerührt, um wenigstens mal nachzusehen.
Währenddessen stibitzen mir die Vögel die ganzen Leckereien vor der Nase weg. Es ist ungerecht, dass sie Flügel haben und ich nicht.

Heute Morgen landete eine Wildente auf dem See. Dazu musst du wissen, dass es hier auch einen tiefen See mit eiskaltem Wasser gibt. Wie bekannt, HASSE ich Wasser. Weißt du noch, wie ich mal im Park in den Teich gefallen bin? Vielleicht erinnerst du dich nicht mehr daran, du warst damals noch ganz klein, aber ich weiß es noch sehr gut. Nie werde ich dieses grässliche Erlebnis vergessen.
Einmal hat Hendrik gemeinerweise meinen Lieblingstannenzapfen in den See geworfen. Ich habe einfach so getan, als hätte ich es nicht gesehen, und habe in die andere Richtung geguckt! Da musste Hendrik selber ins eiskalte Wasser, um ihn rauszuholen. Mann, was hab ich gelacht!
Aber nun zurück zu der Ente. Wahrscheinlich wollte sie sich ausruhen, denn manchmal sind hier in den Hügeln Jäger. Und ich, ich habe sie verscheucht. Im Nachhinein schäme ich mich dafür, denn schließlich hat sie niemandem was zu Leide getan. Ehrlich gesagt: Ich war neidisch auf ihre Flügel.

Hendrik legt jetzt einen Gemüsegarten an. Hier braucht man unbedingt einen eigenen Garten, sagt er. Ich persönlich verstehe zwar nicht, was daran schön sein soll, einen Garten voller Gemüse zu haben, aber ich muss zugeben, Hendrik ist mit Leib und Seele bei der Sache, also lasse ich ihn machen. Er ist hier ein anderer Mensch. Ich hab ihn sogar beim Singen ertappt.

Hast du ihn je singen hören? Bestimmt nicht. Nun, ich kann dir versichern, es hört sich grausam an.

Das Landleben scheint mir im Übrigen gut zu bekommen: Meine Flecken sind nämlich ganz weg! Wahrscheinlich hatte der Tierarzt Recht, als er sagte, es komme durch die Stadt.

Was deine Bitte angeht, dass ich zurückkomme: Ich hoffe, du verstehst, dass das jetzt nicht geht. Es tut mir aufrichtig Leid, dass ich dich enttäuschen muss. Du siehst dich wohl am besten nach einem anderen Drachen um.

Von ganzem Herzen Grüße,
dein Freund Herr Bellmann

PS: Hendrik lässt dich grüßen. Er quält sich damit, dass er dich so im Stich gelassen hat. Du fehlst ihm sehr. Er hofft, dass du ihm irgendwann mal ein paar Worte schreibst.

Kapitel 6

Pieter war enttäuscht, dass Herr Bellmann schrieb, er würde nicht wiederkommen.
Was sollte nun mit dem Theaterstück werden? Es muss abgeblasen werden, dachte Pieter, ohne Drache kann es nicht stattfinden.
Er dachte darüber nach, was Herr Bellmann über die Leine und die Flecken geschrieben hatte. Es war fein, dass seine Flecken weg waren. Und er konnte auch gut verstehen, dass Herr Bellmann es genoss, ohne Leine herumzurennen. Er dachte daran, dass Herr Bellmann öfter mal fortgelaufen war. Zum Beispiel damals, als er aus der Wohnung gewitscht war, als der Postbote ein Päckchen brachte und die Tür ein Weilchen offen stand.
Die ganze Familie war in heller Aufregung gewe-

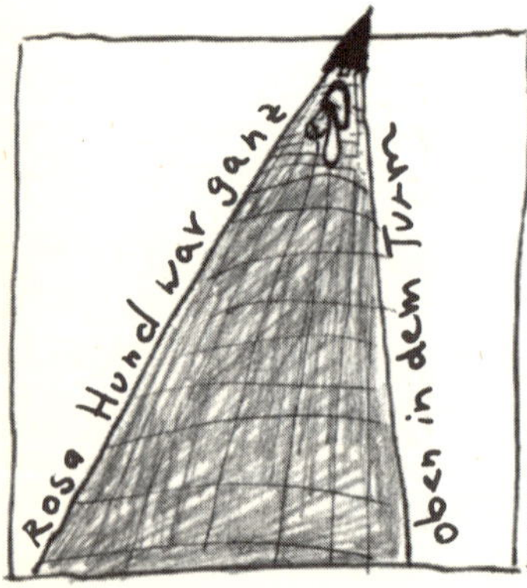

sen. Pieter hatte oft Angst gehabt, Herr Bellmann könnte für immer weg sein, aber das war nie der Fall.

Es wurde eine große Aktion gestartet. Ida rief Hendrik bei der Arbeit an, außerdem die Polizei und das Tierheim. Hendrik rief und suchte überall und hängte Zettel auf.

Meistens dauerte es nicht lange, bis Herr Bellmann wieder gefunden war, irgendwo auf der Straße oder im großen Park in der Stadtmitte. Einmal sogar draußen in den Dünen. Sie hatten gestaunt, dass er so weit hatte laufen können. »Vielleicht kann er ja fliegen«, hatte Hendrik gesagt.

Als sie Herrn Bellmann wieder hatten, waren sie alle froh gewesen.

Und Herr Bellmann war auch jedes Mal froh, wenn er wieder zu Hause war.

Aber sobald sich die nächste Gelegenheit ergab, lief er wieder fort.

Als Pieter Wilhelmine erzählte, Herr Bellmann habe ihm geschrieben, guckte sie ziemlich ungläubig.
»Und kommt er zurück?«, fragte sie.
»Nein«, sagte Pieter. »Hab ich doch gesagt.«
»Es geht nicht. Wenn er zurückkommt, kriegt er vielleicht wieder Flecken.« Sie saßen auf dem Mäuerchen am Schulhof.
»Ohne Herrn Bellmann geht es nicht«, sagte Pieter entschlossen. »Wir müssen das Stück abblasen.«
Er sah Wilhelmine direkt an.
Auf einmal war es ihm sehr wichtig, dass sie auch fand, die Aufführung könne ohne Herrn Bellmann auf keinen Fall stattfinden. Dass sie ihn nicht auch im Stich ließ, trotz ihres rosa tülligen (was das auch sein mochte) Kleides. Wilhelmine sagte nichts. Sie guckte in die andere Richtung, zu Gisbert, der sich die ganze Zeit in ihrer Nähe herumdrückte.
»Gisbert kann doch auch Drache sein. Wenn wir fleißig proben.«

Gisbert sah hoffnungsvoll her. Pieter sagte nichts, aber da hatte Wilhelmine Gisbert auch schon gerufen und er kam schnell auf sie zu.
»Willst du Drache sein?«, fragte Wilhelmine.
Gisbert nickte.
»Ganz sicher?«, fragte Pieter drohend und schwang sich vom Mäuerchen. »Dann müssen wir gleich mal proben.«
Er stürzte sich auf Gisbert: »Wilder Drache Monsterkralle, komm nur her, ich mach dich alle!«
Gisbert wollte davonlaufen, aber Pieter warf ihn zu Boden. Kämpfend wälzten sie sich auf dem Schulhof.
»Was machst du da?«, rief Wilhelmine.
Die Lehrerin griff ein. »Sagt mal, was ist denn hier los?«
Sie zog Pieter von Gisbert weg. Gisberts Nase blutete.
»Pieter ist doof. Er will nicht, dass Gisbert Drache ist!«, rief Wilhelmine laut.

Frau Maibaum sah Pieter fragend an. »Stimmt das? Warum denn nicht?«
Pieter sagte nichts. Er warf Wilhelmine und Gisbert wütende Blicke zu.
»Du solltest ihm eine Chance geben«, sagte die Lehrerin.
Pieter wurde immer zorniger. Er stand Wilhelmine und Gisbert und Frau Maibaum gegenüber und sie waren alle der Meinung, Gisbert sollte der Drache sein.
»Wenn der der Drache ist, brauch ich kein Ritter mehr zu sein«, sagte er.
Frau Maibaum sagte, das finde sie nun doch ein bisschen kindisch. Wilhelmine sagte entschlossen: »Na gut, dann nehmen wir eben einen anderen Ritter.«
Gisbert schwieg, sah aber sehr zufrieden drein. Pieter kriegte Lust, ihm noch mal auf die Nase zu hauen. Frau Maibaum wollte beschwichtigen. Es könne doch auch mit Gisbert als Drache ganz nett werden, begann sie.

Aber Pieter sagte: »Nein. Sucht euch einen anderen Ritter für das blöde Stück.«
Danach blieb Gisbert die ganze Zeit in Wilhelmines Nähe. Und Wilhelmine schien das auch noch zu gefallen.
Schöner Drache, der wie ein Hündchen dem Edelfräulein nachläuft, dachte Pieter verächtlich.

Liber Herr Bellmann,

ich bin kein Ritter mer. Ohne dich macht es eh keinen Spaß. Und Wilhelmine ist doof, sie darf nicht mer meine Freuntin sein. Frau Maibaum ist auch doof.
Ich komm zu dir und wir laufen zusammen weg. Wir gehen auf Abenteuersuche und kommen nie mer wider.

Pieter nahm einen Keks aus der Gebäckdose und klebte ihn mit Klebefilm unten auf den Brief. Als er den Brief in den Umschlag gesteckt hatte,

a sieht er die Treppe … aber er muss an dem schlafenden Drachen vorbei!!!

zeichnete sich an der Stelle, wo der Keks war, ein Fettfleck ab.
Pieter malte eine Briefmarke und steckte den Brief dann in seine Jackentasche, um ihn am nächsten Tag auf dem Schulweg einzuwerfen.

Als Ida nach Hause kam, sagte Pieter gleich: »Mami, das Ritterkostüm brauche ich nicht mehr.«
»Wie bitte?«, sagte Ida. Sie stellte die Plastiktüte, die sie mitgebracht hatte, auf einen Stuhl.
»Es macht keinen Spaß mehr, wenn Herr Bellmann nicht Drache sein kann. Jetzt ist Gisbert Drache. Und Gisbert kann das nicht. Darum hab ich gesagt, dass ich kein Ritter mehr sein will.«
Ida musterte ihn kurz. Dann ging sie zum Schrank und nahm das Kostüm heraus. Es hing fix und fertig auf einem Kleiderbügel.
Es sah wundervoll aus: die glänzende Tunika und darüber ein Kettenhemd. Eigentlich war es ein silberfarbenes gehäkeltes Hemd, aber es sah aus wie ein richtiges Kettenhemd.

Dann zeigte Ida ihm, was sie in der Plastiktüte hatte: einen alten Soldatenhelm und eine blaue Straußenfeder. »Ich wollte den Helm silbern färben und dann die Feder dran festmachen«, sagte sie. »Aber wenn du nun kein Ritter mehr bist …«
Pieter schluckte. Er wusste nicht, was er sagen sollte.
Eigentlich wollte er furchtbar gern in dem schönen Kostüm auf der Bühne mit dem blausamtenen Vorhang Ritter spielen. Notfalls mit Gisbert als Drache.
Sollte er fragen, ob er doch noch Ritter sein konnte? Wilhelmine würde bestimmt sagen: »Bloß wegen des blöden Kostüms.«
Und dann würden sie bestimmt »Da sieht man's mal wieder« sagen. Frau Maibaum, Wilhelmine und Gisbert, alle drei im Chor: »Da sieht man's mal wieder!«
Vielleicht würde sogar die ganze Klasse einstimmen, alle zugleich, wie aus einem Mund: »DA SIEHT MAN'S MAL WIEDER!!!«

Unmöglich, er konnte nicht sagen, dass er nun doch Ritter sein wollte.

Er wandte sich ab, damit Ida nicht sah, dass ihm die Tränen kamen.

»Magst du es nicht mal anprobieren?«, fragte Ida.

Pieter schüttelte den Kopf und sagte mit erstickter Stimme: »Jetzt hast du das ganze Kostüm umsonst gemacht.«

Aber Ida wurde nicht ärgerlich.

Sie sah ihn an und sagte: »Weißt du was, am besten rede ich mal mit der Lehrerin. Das kommt schon in Ordnung.«

Auf einmal hatte Pieter ein wenig Hoffnung. Vielleicht konnte er nun doch noch Ritter sein. Wenn Ida es in Ordnung brachte, dann musste er ja. Dann konnte niemand sagen: »Da sieht man's mal wieder!«

Er zuckte mit den Schultern. »Okay, wenn du meinst.« Er sagte es so gleichgültig wie möglich. Und er dachte: Soll eben Gisbert Drache sein, falls

er sich traut. Dann konnte er ihm ordentlich eins überbraten. Und das Edelfräulein würde er im Turmzimmer verschmachten lassen. Das mit dem Heiraten konnte sie sich abschminken, das kam nicht in Frage. Wenn der Drache tot ist, zieht der Ritter allein weiter. Er wird ein fahrender Ritter, der immerzu weiter zieht. Er fühlte sich ganz und gar kampfbereit.

Es war wieder in Ordnung. Ida hatte es mit der Lehrerin geklärt, und die Lehrerin hatte es mit Wilhelmine und Gisbert geklärt.
Pieter sagte: »Na gut, wenn ihr mich so gern als Ritter wollt, meinetwegen. Dann werde ich dem Drachen mal zeigen, was Sache ist.«

Kapitel 7

Lieber Pieter,

wie schön, dass du mir geschrieben hast! Als ich den Brief aufmachte und den Keks fand, war die Überraschung komplett. Der Keks war zwar ein bisschen kaputt, aber man konnte gerade noch sehen, dass es ein Marienkeks war, mit einer Windmühle drauf. Bei dem Anblick wurde ich ganz wehmütig …
Jedenfalls hat er sehr gut geschmeckt.
Sok & Sok & Co. waren sofort zur Stelle und pickten die Krümel auf, die auf den Boden fielen.
Aber da fällt mir ein, dass ich dir von den dreien noch gar nicht erzählt habe!
Vor kurzem kam Gesuina vorbei. Sie trug eine große Tasche, in der was Seltsames drin war. Jedenfalls bewegte sich der Hubbel in der Tasche ab und zu und machte seltsame Geräusche. Ich traute der Sache nicht ganz und behielt Gesuina gut im Auge.
Und dann machte sie die Tasche auf. Ich staunte nicht schlecht, als plötzlich unter viel aufgeregtem

Gegacker ein paar Hühner herauskamen. Sie flatterten gleich auf den Hof und begannen zu picken und zu kratzen.
Sie sind unglaublich dumm, man kann nicht mit ihnen spielen und sie haben null Ahnung, was für tolle Sachen man mit Tannenzapfen machen kann.
Hendrik hat sich gleich darangemacht, einen Stall für sie zu bauen. Er freue sich schon auf die frischen Eier, sagt er.

Neulich stieg mir nachts ein verdächtiger Geruch in die Nase. Der Wind trug ihn aus der Richtung heran, in der das Kartoffelbeet liegt.
Hendrik hat nämlich Kartoffeln gepflanzt. Tagelang hat er gehackt und geschwitzt, bis er sie im Boden hatte. Nun frage ich dich, was will der Mann mit Kartoffeln? Für den Winter, sagt er. Na, schönen Dank, ich jedenfalls mag die Knollen nicht.
Die meisten Gerüche hier kenne ich inzwischen, aber diesen konnte ich nicht zuordnen.
Ich meinte auch zu sehen, dass da etwas am Kartoffelbeet herumschnüffelte. Es war zu dunkel, um Genaueres zu erkennen, aber den Geräuschen nach war es etwas ziemlich Großes. Sicherheitshalber machte ich erst mal tüchtig Radau, um den

Eindringling zu verscheuchen. Er lief auch gleich davon, aber ich lärmte noch ein bisschen weiter, um ihm einen ordentlichen Schrecken einzujagen. Da guckte Hendrik aus dem Fenster. Er hatte natürlich nichts gemerkt, taub und blind, wie er für alles ist, was sich auf Pfoten und mit Flügeln ums Haus herum bewegt.

Es stört ihn, wenn ich belle, vor allem nachts. Warum, verstehe ich nicht. Schließlich soll ich doch den Laden hier bewachen, während er schnarcht, oder? Er hatte keine Ahnung, vor welcher Gefahr ich ihn (oder besser gesagt, seine Kartoffeln) bewahrt hatte.

Ich war ziemlich beleidigt.

Also beschloss ich, mein Leben nicht noch einmal wegen seiner Kartoffeln zu riskieren.

Als der geheimnisvolle Eindringling in der Nacht darauf wiederkam, tat ich, als würde ich nichts merken. Ich hörte ihn zwischen den Kartoffelpflanzen rumoren.

Am nächsten Morgen sah man die Folgen: eine richtige Verwüstung! Als Hendrik sie entdeckte, kriegte er den Mund nicht mehr zu. Das war vielleicht ein komischer Anblick: Alle Kartoffelpflanzen standen krumm und schief da! Aber irgendwie tat Hendrik mir auch Leid. Er hatte so hart für seine Kartoffeln gearbeitet.

Erst dachte er, die Hühner hätten das angerichtet, aber die hockten vollkommen harmlos im Stall. Hendrik hatte keine Ahnung, wer der Täter war. Ich konnte mir übrigens genauso wenig eine Vorstellung von dem Tier machen. Zwar hatte ich ein paar lange, spitze schwarz-weiße Borsten gefunden, aber die gaben mir Rätsel auf. Sie sahen wie Stacheln von einem Igel aus, allerdings von einem Riesenigel. Ich bellte so ein bisschen, um Hendriks Aufmerksamkeit darauf zu lenken. Erst kapierte er nicht, was ich wollte, und sagte, ich solle nicht so einen Spektakel machen. Aber ich ließ nicht locker, und schließlich kam er doch und sah nach.
Als er Gesuina die Borsten zeigte, hob sie die Hände zum Himmel und rief »Madonna!« Genau wie im Film! Sie sagte, es seien Borsten von einem Stachelschwein. Stachelschweine scheinen eine regelrechte Katastrophe zu sein! Ich fand das Ganze reichlich übertrieben. Ein bisschen Gebell, und weg war es.
Auf Gesuinas Rat hin hat Hendrik sich nun vorgenommen, einen Zaun um das Beet zu ziehen. Er hat Pfähle und Maschendrahtrollen besorgt, und jetzt macht er den Zaun. Tja, damit ist er nun also beschäftigt. Du darfst aber nicht glauben, es wäre einfach, einen Zaun zu ziehen. Vermutlich denkst du: Loch graben, Pfahl rein und fertig. Von we-

gen, jedes Loch muss er mühselig mit einer Hacke in den Boden hacken. Gerade ist er beim dritten Loch. Ich habe rasch nachgezählt: Siebzehn Löcher muss er noch hacken.
Also hat er vorläufig keine Zeit, mit mir zu spielen. Das ist schade, denn ich habe große Lust auf ein Ballspiel.
Witzig ist, dass der Zaun gar nicht nötig wäre, wenn ich das Stachelschwein verscheuchen würde. Aber gut, wenn Hendrik das bisschen Bellen in der Nacht nicht aushalten kann …
Es wäre toll, wenn du mal hierher kommen könntest. Weglaufen scheint mir aber kein sonderlich guter Plan. Wer sollte denn auf Hendrik aufpassen, wenn ich nicht da bin?
Aber ich könnte dir hier alles zeigen. Ums Haus herum kann man genug Abenteuer erleben, weißt du.
Hendrik würde vor Freude einen Luftsprung machen, wenn du mal kämst. Aber ich fürchte, nach allem, was passiert ist, bleibt das ein Wunschtraum.
Ich warte schon sehnsüchtig auf deinen nächsten Brief, also schreib mir bald, wenn du magst.

Das Allerbeste wünscht dir dein treuer Freund
Herr Bellmann

Kapitel 8

Eines Abends war Dirk vorbeigekommen. Dirk war ein alter Freund von Hendrik und Ida. Nicht dass er alt war, aber sie kannten ihn schon lange. Früher, als Hendrik noch da war, hatte Dirk immer eine Freundin dabei, wenn er zu Besuch kam. Jedes Mal eine andere.

»Dirks Flammen«, nannte Hendrik sie.

Diesmal hatte Dirk keine Flamme dabei, als er vorbeikam. Er blieb zum Essen und saß dabei auf Hendriks Platz. Es war seltsam, zu dritt am Tisch zu sitzen.

Dirk half Ida beim Abwasch.

Später, als Pieter im Bett lag, saßen sie noch lange beisammen und redeten. Pieter versuchte sich vorzustellen, Dirk wäre sein Vater.

Aber irgendwie konnte er sich nicht vorstellen,

dass Dirk morgens barfuß und noch im Pyjama durch die Wohnung ging und Brotscheiben in den Toaster steckte.

Dirk lud Ida und Pieter zum Segeln ein. An einem sonnigen Frühlingsmorgen holte er sie mit dem Auto ab, und sie fuhren zu einem Dorf an einem See.
Pieter hatte Rosa Hund dabei. Er meinte, Rosa Hund müsse auch mal rauskommen, weil er ja sonst immer hinter dem Vorhang saß.

Der kleine Hafen war voller Segelboote. Eines der Boote gehörte Dirk. Pieter musste eine Schwimmweste anziehen, für den Fall, dass er über Bord ging. Aber Pieter hatte keineswegs vor, über Bord zu gehen. Er saß mit Rosa Hund auf dem Vorderdeck.
Die Bootsnase pflügte durchs Wasser. Es wehte eine ordentliche Brise, und manchmal geriet das Boot bedenklich in Schräglage, aber Dirk lachte

und sagte, sie brauchten sich keine Sorgen zu machen. Sie würden nicht kentern.

Es war ein hübscher Anblick, all die weißen Segel auf dem Wasser. Ida wirkte entspannt und fröhlich. Ganz so, als hätte sie Hendrik vergessen.

Dirk ließ Pieter ans Ruder. Es machte Spaß, das Boot durchs Wasser zu lenken. Man spürte, wie der Wind am Segel zerrte.

Als Pieter Dirk zulachte, sah er, dass der seine freie Hand in Idas Nacken gelegt hatte und mit den Fingerspitzen sanft ihr Haar kraulte.

Pieter konnte den Blick nicht von den streichelnden Fingern wenden und achtete gar nicht mehr darauf, wo er hinsteuerte.

»Du musst das Ruder gerade halten«, sagte Dirk ein paar Mal warnend, dann übernahm er es wieder selbst. Pieter ärgerte sich nicht darüber. Jetzt brauchte Dirk wenigstens wieder beide Hände.

Sie segelten viele Male über den See. Dann legte Dirk bei einem Strandcafé an.

Er bestellte für Pieter das größte Eis, das es auf der Karte gab. Ein Eis in einem ganz hohen Glasbecher, mit vielen Waffeln und Schirmchen. Als es kam, war es fast noch größer als auf der Abbildung und mit vielen Obststückchen und auch noch einem ganzen Berg Schlagsahne garniert.

Ida und Dirk schauten lächelnd zu, wie Pieter das Eis löffelte.

Es war gerade so, als würden sie zu dritt Familie spielen.

Eine ideale Familie aus der Werbung, die das größte Rieseneis bestellte, das auf der Karte zu finden war, und mit perlweißen Werbezähnen lachte, und dazu schien die Sonne, und die Wellen plätscherten munter ans Ufer.

Ein großes Segelboot fuhr vorbei. Auf dem Vorderdeck stand ein Hund und hielt die Schnauze in den Wind.

Da musste Pieter an Herrn Bellmann denken, der so weit weg in Italien war. Ihm wurde ganz trau-

rig zumute und er hatte keinen Appetit mehr auf sein Eis.
Auf dem Rückweg musste er brechen. Die Obststückchen vom Eis schwammen auf der Fußmatte im Auto.
Zu Hause steckte Ida ihn ins Bett. Er durfte ins große Bett, auf Hendriks Seite.

Am nächsten Tag ging Pieter nicht in die Schule. Das Wetter hatte umgeschlagen. Der Himmel war jetzt grau, und der Wind peitschte an die Fenster. Ida musste arbeiten. Sie ließ Pieter ungern allein zu Hause. Aber Pieter sagte, er fände das nicht schlimm.
Er blieb gemütlich im Bett und schaute zu, wie die Wolken am Himmel entlangjagten.
Da fiel ihm ein, wie er an einem anderen stürmischen Tag mit Hendrik und Herrn Bellmann zum Einkaufen gefahren war. Ida hatte auf einen Zettel geschrieben, was sie alles besorgen sollten.

Eingemummelt in ihre Jacken waren die Leute an den Läden entlanggeeilt. Mütter hatten ihre Babys sorgfältig unter dem Plastikverdeck der Kinderwagen versteckt.
Statt zum Einkaufen war Hendrik auf einmal ans Meer gefahren.
»Mal eben raus aus der stinkigen Stadt«, hatte er gesagt, als Pieter ihn verwundert gefragt hatte, was sie machen würden.
»Mal ordentlich durchpusten lassen. Ein bisschen frische Luft einatmen statt Autoabgasen.«
»Aber was ist mit dem Einkaufen?«
»Das läuft uns nicht weg.«

Der Strand war verlassen gewesen, der Himmel Grau in Grau, und die Wellen hatten weiße Schaumkronen gehabt.
Ein ganzes Stück waren sie mit dem Wind im Rücken gegangen.
Herr Bellmann war mit wehenden Ohren und schwanzwedelnd durch den Sand gerannt.

Als sie auf dem Rückweg gegen den tosenden Wind angingen, hatten sie sich so richtig schön durchgepustet gefühlt.
In den Dünen war es gleich viel ruhiger gewesen. Eine Weile hatten sie im Schutz einer Kuhle nebeneinander gelegen und die dahinjagenden Wolken beobachtet.

»Uuuwuuuwuuwuuh!« Hendriks Indianerschrei erklang direkt hinter dem Dünenkamm, und Pieter sah gerade noch den Kopf des feindlichen Indianers dort verschwinden.
Er suchte hinter einem Busch Deckung. Auf dem Bauch robbend pirschte er sich in einem weiten Bogen an. Schon bald bekam er Hendrik ins Visier.
Pieter kicherte. Hendrik hatte seine Krawatte um den Kopf gebunden und eine Möwenfeder hineingesteckt. Er schlich gerade die Düne hinauf, hinter der er Pieter vermutete. Mit einem lauten Kampfschrei warf Pieter sich auf Hendrik, der

Er machte ein Feuer

 vollkommen überrascht von dem Angriff zu Boden ging. Pieter saß auf Hendriks Rücken und versuchte, ihn in Schach zu halten. Aber Hendrik konnte sich unter ihm hervorwinden und stürzte sich mit Gebrüll auf ihn. Schreiend und Haken schlagend lief Pieter davon. Es half nichts. Mit einem grandiosen Hechtsprung hatte Hendrik ihn an den Knöcheln gepackt und brachte ihn zu Fall.
»Hilfe!«, schrie Pieter, aber Hendrik verpasste ihm die schreckliche Sandmarter, während Herr Bellmann bellend um sie herumsprang, bis Pieter, ganz schlapp vor Lachen, um Gnade flehte.

Pieter schlug die Bettdecke zurück und stand auf. Er wollte nicht daran denken, wie er mit Hendrik gelacht und sich im Sand gewälzt hatte. Dann war nämlich sofort wieder der schwere Stein in seinem Magen da. Er stand auf und ging durch die stille, leere Wohnung.

Da entdeckte er auf dem Foto im Flur den kleinen Fleck. Das Ei, das aus dem Weltall gesaust kam.
Vielleicht war das in seinem Magen ja kein Stein oder Felsbrocken, sondern ein Ei.

ALSO HATTE ROSA HUND RECHT.
WEISELAND GIBT ES DOCH !!!

Kapitel 9

Lieber Freund,

der Wirbel um das Stachelschwein hatte noch eine Fortsetzung. Die ersten paar Nächte, nachdem Hendrik seinen Zaun gezogen hatte, passierte nichts. Hendrik war zufrieden mit sich selber, weil er das Problem so gut gelöst hatte, ich dagegen wusste, dass das Stachelschwein einfach nicht da gewesen war. Weil es den Bauch voller Kartoffeln hatte, das war also verständlich.
Aber dann tauchte es eines Nachts wieder auf. Ich bemerkte sofort den inzwischen bekannten Geruch. Und was glaubst du? Hendriks Zaun half überhaupt nichts! Das Stachelschwein zwängte sich einfach unten durch!
Wieder wühlte es ein ganzes Stück vom Beet um. Hendrik war völlig außer sich. Er erklärte dem Stachelschwein den Krieg und fuhr erneut den Berg hinab. Mit weiteren Rollen Maschendraht kam er zurück. Dann fing er an, einen Graben um den Garten auszuheben. Den ganzen Tag schuftete er wie ein Besessener.

Ich habe gemütlich dagelegen und zugeschaut, mir war es für solche Anstrengungen zu warm.

Als Hendrik den Maschendraht einen halben Meter tief im Boden eingegraben hatte, schien es ganz unmöglich, dass das Stachelschwein da noch unten durchkommen könnte.

Aber das Tier war schlauer als gedacht! Es war sozusagen mit allen Wassern gewaschen. Nachdem es gemerkt hatte, dass es nicht mehr unten durchkriechen konnte, begann es ungefähr einen halben Meter vom Zaun entfernt wie wild zu graben. Es muss ungeheuer scharfe und große Krallen haben, denn schon bald war es komplett in dem Loch verschwunden. Mir war nicht gleich klar, was es vorhatte, aber nach einer Weile hörte ich es dann im Garten rumoren. Es hatte einen Tunnel unter dem Zaun durch gegraben! Einen halben Meter unter dem von Hendrik im Schweiße seines Angesichts eingegrabenen Maschendraht durch!

Ich war hin und her gerissen. War es nicht meine Pflicht, Hendrik vor dieser neuerlichen Katastrophe zu warnen? Aber irgendwie, das muss ich zugeben, hatte ich Respekt vor dem Stachelschwein bekommen und ich gönnte ihm durchaus eine Belohnung. Schließlich hatte es sich mächtig dafür angestrengt!

Also dachte ich mir, auf ein paar von diesen öden

Kartoffeln könnte Hendrik schon verzichten. So interessant sind die auch wieder nicht.
Deshalb wünschte ich dem Stachelschwein »buon appetito« (das heißt guten Appetit auf Italienisch, denn schließlich ist es ein italienisches Schwein) und rollte mich auf meiner Decke zusammen.
Was Hendrik am nächsten Morgen tat, als er die Verwüstung sah, war zu komisch. Er trat so fest gegen den Zaun, dass er sich am Zeh verletzte. Schimpfend humpelte er ins Haus zurück, um dort einen neuen Plan auszubrüten.
Dann tauchte Gesuina mit einer Falle auf. Es war ein Drahtkäfig. An einer Seite hat er ein Türchen, das man hochziehen kann und das durch einen Mechanismus mit einer Feder zufällt. Gesuina erzählte außerdem, wenn ich das richtig verstanden habe, Stachelschweinbraten sei eine Delikatesse.
Ich beschloss Hendrik ein wenig im Auge zu behalten. Er schmierte und ölte die Falle und ließ sie ein paar Mal probeweise zufallen. Im Grunde meines Herzens war ich aber überzeugt, dass Hendrik zu weichherzig ist, um solch einen Apparat tatsächlich einzusetzen.
Von wegen! Er stellte das Ding vor den Ausgang des Tunnels, sodass das Stachelschwein direkt in die Falle gehen würde.
Das ging mir nun doch zu weit. Ich habe zwar

eine Ente verscheucht (und mich hinterher abgrundtief dafür geschämt), aber ein starkes, kluges Tier mit so einer grässlichen Falle seiner Freiheit zu berauben, das ist noch viel schlimmer.
Außerdem befürchtete ich das Schlimmste für das Tier, wenn Hendrik es erst einmal gefangen hatte. Nicht dass ich grundsätzlich etwas gegen eine leckere Keule hätte, aber inzwischen bewunderte ich das Stachelschwein sehr, und ich gönnte ihm kein unrühmliches Ende im Bratentopf.

Als das Stachelschwein in der darauf folgenden Nacht erschien, ergriff ich Maßnahmen. Mit lautem Gebell warnte ich es vor der Gefahr. Es lief blitzschnell davon. Hendrik, den ich mit meinem Bellen geweckt hatte, meckerte mich an, aber das war mir die Sache wert.
So ging es mehrere Nächte lang.
Hendrik verlor allmählich die Geduld mit mir. Er nahm einfach keine Vernunft an. Weißt du, was er eines Abends tat? Er sperrte mich in den Schuppen!
Ich fühlte mich tief gedemütigt, das kannst du dir bestimmt vorstellen. Außerdem machte ich mir große Sorgen um das Stachelschwein.
Zu Recht, denn am nächsten Morgen hatte Hendrik es in dem Käfig gefangen.

Da konnte ich das Tier zum ersten Mal genau betrachten, und ich versichere dir: Mit seinen Stacheln und Krallen sieht es ganz schön gefährlich aus!
Jetzt muss ich dir aber gestehen, dass ich mich in Hendrik getäuscht hatte. Er wollte das Stachelschwein überhaupt nicht umbringen. Er stellte den Käfig in sein Auto, fuhr zum nächsten Hügel, und dort hat er es frei gelassen.
Wir schauten dem Stachelschwein nach, wie es sich eilig aus dem Staub machte. Auf dem Nachhauseweg schämte ich mich ein wenig, weil ich Hendrik so falsch eingeschätzt hatte.
Er ist wirklich kein übler Kerl, weißt du, auch wenn er manchmal etwas aufbrausend ist. Vielleicht kommt das ja daher, dass du ihm fehlst. Er hat extra für dich ein Zimmer hergerichtet, für den Fall, dass du irgendwann mal hierher kommst.
Ich freue mich schon auf deinen nächsten Brief.

Hundert herzliche Grüße,
dein Herr Bellmann

PS: Ich bin ziemlich beeindruckt von deiner Handschrift. Sie wird immer leserlicher.

Kapitel 10

»Mami? Fahren wir in den Sommerferien nach Italien?«
»Nach Italien?« Ida sah verwundert auf. Sie seufzte. »Nein, ich glaube nicht. Für einen teuren Urlaub im Ausland habe ich nicht genug Geld.«
Sie überlegte und sah Pieter dann forschend an. »Meinst du etwa zu Hendrik?«
Er schwieg.
»Pieter, du verstehst doch bestimmt, dass ich nicht zu Hendrik gehe. Das ist ganz unmöglich. Ausgeschlossen.«
Einen Moment lang schwieg sie und fragte dann: »Möchtest *du* denn zu Hendrik?«
»Nein …«, sagte Pieter. Eigentlich hatte er sagen wollen: zu Hendrik nicht, aber zu Herrn Bellmann. Er sagte es jedoch nicht.

Ida wirkte erleichtert. Pieter war froh, dass er es nicht gesagt hatte.
»Wir zwei beide machen was Schönes«, sagte sie. »Ich dachte an ein Ferienhäuschen in Bakkum.«
Voriges Jahr waren sie in Bakkum gewesen. Dort hatten sie ein Häuschen gemietet. Es hatte Holzwände und ein Zeltdach gehabt. Bei Regen hatte man die Tropfen ganz laut auf die Plane trommeln hören.
Und es hatte die ganze Zeit geregnet.
Pieter nickte nur. Nach Bakkum wollte er nicht. Wenn er nicht nach Italien konnte, brauchten sie seinetwegen nirgendwohin. Dann konnten sie ebenso gut zu Hause bleiben.

Liber Herr Bellmann,
Mama will nach Bakkum, aber ich will nicht. Es regent immer in Bakkum und auserdem will ich zu dir.

Rosa Hund war verschwunden. Pieter hatte es erst gar nicht gemerkt. Er dachte, Rosa Hund säße wie immer hinter dem Vorhang. Aber dort war er nicht.

Als Ida nach Hause kam, sagte Pieter gleich: »Rosa Hund ist weg.«

Ida hängte ihren Mantel auf und sagte: »Gründlich suchen, mein Schatz.«

»Ich hab schon gesucht. Er ist nirgends. Kannst du nicht suchen helfen?«

Ida war eine großartige Sucherin. Sie wusste immer, wo alles zu finden war. Wenn Pieter zum Beispiel einen Bleistift vermisste, sagte sie: »Auf dem Couchtisch im Wohnzimmer unter dem Zeitungsstapel.« Und dann lag der Bleistift genau da. Oder er fand seinen grünen Pulli nirgends und dann kam Ida und hatte den Pulli im Nu aufgespürt.

Ida half suchen, aber sie fanden Rosa Hund nicht. Sie durchforschten alle Schubladen und Schränke, aber Rosa Hund war und blieb verschwunden.

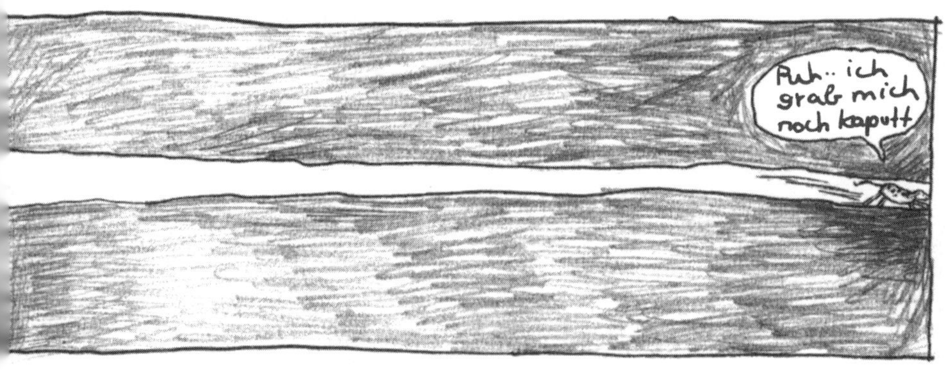

»Das verstehe ich nicht«, sagte Ida. »Wann hast du ihn denn zuletzt gehabt?«
Das wusste Pieter nicht mehr.
Da sagte Ida auf einmal: »Nanu … was ist denn das?«
Pieter sah auf. Ein Glück, Ida hatte Rosa Hund also doch gefunden.
Aber das war es nicht. Ida hielt Herrn Bellmanns Briefe in der Hand.
Pieter hatte sie ganz hinten in seiner Schreibtischschublade gut versteckt, zusammen mit dem Umschlag mit Hendriks Adresse. Er hatte nicht damit gerechnet, dass Ida sie bei der Suchaktion nach Rosa Hund finden würde.
Sie sah ihn an. »Schreibt Hendrik dir Briefe?«
Hendrik? Pieter merkte, dass Wut in ihm aufstieg. Wie konnte sie das nur denken? Wenn Hendrik ihm Briefe schreiben würde, würde er die doch niemals lesen! Er würde sie sofort – ungelesen! – zerreißen und in den Abfalleimer werfen, genau wie Ida es mit Hendriks Brief gemacht hatte.

»Schreibt-Hendrik-dir-Briefe?«, fragte Ida noch einmal. Sie betonte es so, als würden zwischen den Wörtern Striche stehen.
»Natürlich nicht!« Pieter sah sie mit funkelnden Augen an. »Guck doch, was da steht! Die sind von Herrn Bellmann!«
»Herr Bellmann?« Ida machte ein ungläubiges Gesicht.
Pieter riss Ida die Briefe aus der Hand und stopfte sie wieder in die Schublade.
»Ja!«
»Warum weiß ich nichts davon?«
»Die Briefe sind an mich!«
»Und warum hast du mir nie gesagt, dass du Briefe von … äh … Herrn Bellmann kriegst?«
»Weil … weil …« Pieter wusste es selbst nicht so recht. »… du dann böse wirst.«
»Aber nein.«
»Doch! Jetzt bist du doch böse!«
»Ich bin nicht böse!«
»Bist du wohl! Ich seh's ja!«

Jetzt waren sie beide böse. Pieter, weil Ida sagte, sie sei nicht böse, obwohl er deutlich sah, dass sie sehr wohl böse war. Und Ida, weil er nichts von den Briefen gesagt hatte, weil er Angst gehabt hatte, sie könnte dann böse werden. Was auch der Fall war.

Also hatte er gut daran getan, die Briefe zu verstecken.

Und außerdem waren die Briefe ja von *Herrn Bellmann* an *ihn*, und das ging Ida absolut nichts an. Und Hendrik, wohlgemerkt, auch nicht.

Am Abend konnte Pieter nicht einschlafen. Bevor Ida ins Bett ging, kam sie noch einmal nach ihm sehen. Sie merkte, dass er wach war.

»Magst du bei mir schlafen?«, fragte sie.

»Okay«, sagte Pieter.

»Gemütlich ist das«, sagte Ida und kuschelte sich an.

Pieter stieß einen Schrei aus.

»Was ist?«, fragte Ida erschrocken.

»Du hast eiskalte Füße!«
»Oje, tut mir Leid.« Ida guckte schuldbewusst und zog ihre Füße weg.
»Du kannst deine Eisklumpen ruhig an mir wärmen«, sagte Pieter schnell.
Ida lachte. »Lieb von dir. Aber ich zieh mir Socken an.«
Sie nahm ihr Buch, schlug es jedoch nicht auf. Sie warf Pieter einen Seitenblick zu.
»Was steht denn so in den Briefen?«, fragte sie auf einmal wie nebenbei.
Pieter antwortete nicht gleich.
»Entschuldige, dass ich so ausgerastet bin«, sagte sie. »Aber böse war ich wirklich nicht. Eher verwundert.«
Pieter kapierte das nicht so recht, aber er war jedenfalls froh, dass sie nicht mehr böse war.
Vielleicht war es ja gut, dass Ida von den Briefen wusste. Jetzt konnte er sie vielleicht fragen, ob er im Sommer zu Herrn Bellmann durfte.
»Du kannst sie gern lesen«, bot er an.

»Hmmm«, machte Ida zögerlich. »Ich weiß nicht …« Aber Pieter sprang entschlossen aus dem Bett. »Ich hol sie.«

»Bist du ganz sicher?«, fragte Ida.
Pieter nickte. Er sah zu, wie Ida die Briefe las.
»Es klingt, als würde es ihm dort gut gefallen«, sagte sie, nachdem sie alle gelesen hatte.
Pieter nickte. »Ja. Und seine Flecken sind ganz weg.«
Ida musste lachen.
Pieter wusste nicht, was daran so lustig war, aber er freute sich, dass sie lachte.
Sie schwiegen ein Weilchen.
Vielleicht, dachte Pieter, ist jetzt der richtige Moment, um wegen der Ferien zu fragen.
»Mami, darf ich im Sommer dorthin?«
Ida guckte ihn erst schweigend an. Dann fragte sie: »Möchtest du das denn so gern?«
Pieter nickte.
Unvermittelt stieg Ida aus dem Bett und begann,

in der Sockenschublade zu kramen. Es dauerte ganz schön lange, bis sie antwortete: »Vielleicht lässt sich da was regeln. Wenn du es wirklich willst.«

»Echt?«

»Schließlich ist er dein Vater.«

Pieter schnaubte. »Ach ja? Warum ist er dann fortgegangen, wenn er so gern mein Vater sein will?«

Ida strich ihm über den Kopf.

Pieter fragte: »Bist du nicht mehr böse auf Hendrik?«

Ida seufzte tief und sagte: »Ehrlich gesagt, das weiß ich nicht.«

»Ich schon«, sagte Pieter entschieden. »Ich geh da nur wegen Herrn Bellmann hin. Ganz bestimmt nicht wegen Hendrik.«

»Es ist noch gar nicht sicher, ob das klappt.«

»Schreibst du Hendrik einen Brief?«

»Wenn du mir die Adresse gibst.« Sie hatte sich Socken angezogen und schlüpfte wieder ins Bett.

»Morgen?«

»Morgen.«

Ida deckte ihn zu und gab ihm einen Gutenachtkuss. »Und jetzt wird geschlafen!«

Wie konnte sie nur glauben, er könnte schlafen, wenn er vielleicht bald zu Herrn Bellmann durfte?

Kapitel 11

Ida schrieb Hendrik einen Brief. Danach tat sich eine ganze Weile nichts. Fast jeden Tag fragte Pieter, ob sie es schon geregelt hatte. Ida verneinte und sagte, Pieters Drängelei gehe ihr langsam auf die Nerven. Er müsse eben Geduld haben.
Dirk ließ eine Zeit lang nichts von sich hören. Vielleicht hatte er eine andere Flamme.
Rosa Hund war nach wie vor unauffindbar.

Pieter schrieb wieder einen Brief an Herrn Bellmann.

Liber Herr Bellmann,
villeicht darf ich nach Italjen kommen, wenn Ida es mit Hendrik regeln kann. Wenn ich kommen darf, red ich kein Wort mit Hendrik! (nie mer)

Eine ganze Zeit später klingelte das Telefon. Pieter nahm ab.
»Pieter? Hier spricht Papa!« Das war Hendriks Stimme, viel zu munter, am anderen Ende. Pieter bekam einen Riesenschreck. Er brachte kein Wort hervor.
Und das war auch gut, denn so fiel ihm gerade noch rechtzeitig ein, dass er ja nicht mit Hendrik reden wollte.
Am Telefon war das allerdings ein bisschen schwierig.
»Hallo? Hallo, bist du noch da?«
Pieter warf den Hörer hin und rief nach Ida, die in der Küche war.
Ida wischte sich die Hände ab und ging ans Telefon.
Als sie hörte, wer dran war, schickte sie Pieter in sein Zimmer. Sie sagte, sie wolle kurz allein mit Hendrik reden.
Es dauerte sehr lange. Wenn Erwachsene etwas regeln müssen, brauchen sie mächtig viel Zeit

dafür, dachte Pieter bedrückt. Sie könnten doch auch einfach sagen: »Kann Pieter kommen?« »Ja, klar.« »Gut, das ist also abgemacht.«
Und schon hat sich's. Wenn es nach Pieter ginge, wäre das Ganze im Nu erledigt.
Endlich kam Ida in sein Zimmer.
»Kann ich hin?«, fragte Pieter sofort.
»Ja«, sagte Ida.
Pieter fiel ihr um den Hals und gab ihr einen dicken Kuss.
Da sagte Ida, jetzt brauche sie einen Schnaps.

Liber Herr Bellmann,
noch 98 mal schlafen, dann komme ich nach Italjen. In den Sommerferien.
Ich bring dir auch ein Geschenk mit.
Hendrik soll aber blos nicht glauben, ich komme wegen ihm, falz er das glaubt.

Bei dem Theaterstück ging alles schief, aber es wurde trotzdem ein Erfolg.

Wilhelmines Vater hatte es mit der Videokamera aufgenommen.

Das war der Film:

Als der blaue Vorhang langsam aufgeht, sieht man das schöne Edelfräulein in seinem Schloss. Plötzlich taucht ein Drache auf. Man sieht nicht, dass es Gisbert ist, denn er hat eine große Drachenmaske aus Gummi auf. Der Drache wirkt sehr echt. Er schleppt das kreischende Edelfräulein in seine Höhle.

In dem Moment geht der Vorhang kurz zu und man hört Gemurmel aus dem Saal.

Dann geht der Vorhang wieder auf. Das Edelfräulein ist in einem Käfig eingesperrt, und der Drache geht ein wenig hin und her. Dann erscheint der Ritter in voller Rüstung.

»Wilder Drache Monsterkralle, komm nur her, ich mach dich alle!«, schreit der Ritter und stürmt auf den Drachen zu.

Ängstlich weicht der Drache zurück und rennt los. Der Ritter hinterher.

Die Leute im Saal lachen.
»Halt, Drache!«, ruft der Ritter. Aber der Drache denkt gar nicht daran, stehen zu bleiben, und flitzt ängstlich auf der Bühne hin und her.
Der Ritter läuft vor lauter Ärger rot an und versucht, den Drachen umzuwerfen, aber der entwischt ihm immer wieder. »Siehst du jetzt, was für ein Mistdrache das ist!«, ruft der Ritter dem Edelfräulein zu und stampft mit dem Fuß auf.
Das Edelfräulein mischt sich ein: »Du musst kämpfen, nicht weglaufen!«, faucht es den Drachen an.
Der Drache schüttelt ängstlich den Kopf.
Das Publikum lacht sich kaputt.
Zornig schmeißt der Ritter sein Schwert in die Ecke, um dem Drachen mit bloßen Händen zu Leibe zu rücken. Der Drache will in die Kulissen fliehen, aber als er am Käfig des Edelfräuleins vorbeirennt, stellt die ihm durchs Gitter ein Bein.
Der Drache fällt auf die Nase.
Das Publikum ist begeistert.

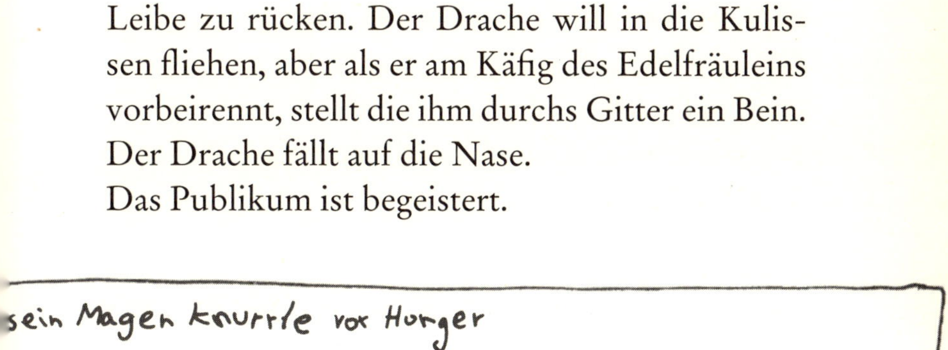

Sofort setzt der Ritter dem Drachen das Schwert auf die Brust.
Der Saal johlt.
Der Drache heult vor Angst.
Dann sagt der Ritter mit lauter Stimme: »Drache, du bist frei!«
Der Drache macht sich eilig aus dem Staub.
Das Edelfräulein wird aus dem Käfig befreit und sagt: »Ritter, du darfst um meine Hand anhalten.«
»Nein danke«, sagt der Ritter, »ich muss weiter.«
Und er macht sich auf den Weg.
Der Vorhang geht zu.
Donnernder Applaus erklingt.
Der Vorhang geht wieder auf, und Pieter und Wilhelmine und Gisbert verbeugen sich vor dem Publikum.

Dann waren die Sommerferien da.

Kapitel 12

Pieter reiste mit dem Flugzeug. Der Flug war billig, weil Ida Stewardess war. Nun ja, Mogelstewardess.

Pieter wurde U. M.; das ist die Abkürzung für einen englischen Ausdruck. Es bedeutet, dass man als Kind allein mit dem Flugzeug reist.

Ida hatte ihm alles erklärt.

Es gab eine Extra-Stewardess, die auf einen aufpasste. Sie blieb während des Fluges die ganze Zeit bei einem und sorgte dafür, dass man bei der Ankunft der richtigen Person übergeben wurde.

Die richtige Person, das war in diesem Fall Hendrik, der Pieter vom Flughafen abholen sollte.

Ida und Hendrik telefonierten noch einmal miteinander, um die letzten Dinge zu regeln.

Ida sagte mehrmals zu Hendrik, er solle ja zuse-

hen, dass er da sei, wenn das Flugzeug lande. Ihre Stimme klang wieder wie früher, ärgerlich und schroff.
Vielleicht reservierte sie diese Stimme extra für Hendrik, denn Pieter hatte sie schon eine ganze Zeit lang nicht mehr gehört. Auf einmal musste er an die vielen Streitereien denken, damals, als Hendrik noch da war.
Dass Hendrik fortgegangen war, war natürlich blöd, aber immerhin gab es jetzt keinen Streit mehr.

Bevor Pieter abfliegen konnte, musste noch alles Mögliche erledigt werden. Ganz nervös machte ihn das. Er bekam einen eigenen Pass. Mit seinem Passfoto drin. Er war sehr stolz und kam sich groß vor. Außerdem brauchte er einen neuen Koffer und eine neue kurze Hose und Sandalen und Sonnenschutzmittel und noch vieles mehr.
Ida gab ihm allerlei Ermahnungen und Anweisungen, wovor er sich alles hüten sollte, was er *auf*

jeden Fall tun musste (jeden Tag duschen, Zähne putzen und eine frische Unterhose anziehen) und was er *auf keinen Fall* tun durfte (schwimmen mit vollem Magen, sich verlaufen).
Und Pieter gab Ida allerlei Ermahnungen und Anweisungen, wie seine Pflanzen zu versorgen waren.

Die Venusfliegenfalle braucht viel Wasser. Regenwasser. Jeden Tag! Und ab und zu eine Fliege. Die Kannenflanze auch.
Du darfst die Bletter nie innen anfassen, wenn sie dann nämlich zugehen und es ist keine Fliege drin, gehen sie kaputt. Dann verdauen die Bletter.
Der Lebende Stein darf kein Wasser kriegen!!!
Nur ab und zu ein ganz winzebisschen.

Als Geschenk für Herrn Bellmann kaufte Pieter einen schönen gelben Tennisball, der im Dunkeln leuchtete. Mit viel Mühe und Klebeband verpackte er ihn in hübsches Geschenkpapier.

Ida war dagegen, dass Pieter auch noch eine Packung Hundekuchen kaufte.

»Der fängt an zu stinken«, behauptete sie, während sie seine Buntstifte und seinen Zeichenblock, der schon über die Hälfte voll war, in den Koffer legte.

Rosa Hund konnte nicht mit, denn er war nach wie vor verschwunden. Pieter fand das schade, aber immerhin würde er Herrn Bellmann nun bald wiedersehen.

Beim Gedanken daran wurde er innerlich ganz froh.

Hendrik würde er auch wiedersehen. Das musste sein, daran ließ sich nichts ändern. Pieter nahm sich vor, einfach in die andere Richtung zu gucken, wenn Hendrik in der Nähe war.

Allerdings war es schwierig, froh und zugleich böse zu sein.

Dirk brachte Ida und Pieter mit seinem Auto zum Flughafen. Irgendwann war er doch wieder

vorbeigekommen, und seitdem kam er viel öfter als früher. Aber segeln waren sie nicht mehr gewesen.
Manchmal war es gerade so, als hätte Pieter einen neuen Vater.
Dirk war nett, aber Pieter war unsicher, ob er überhaupt einen neuen Vater wollte. Was sollte er mit zwei Vätern anfangen, einem echten, der nicht mehr sein Vater zu sein brauchte, und einem Mogelvater, der so tat, als wäre er sein Vater.
Ein Mogelvater und eine Mogelstewardess als Mutter, die ihn zusammen zum Flugzeug brachten.
Am Schalter stand eine echte Stewardess bereit, die sich um ihn kümmern würde.
Ida gab ihm noch rasch allerlei Ermahnungen mit auf den Weg und knuddelte ihn dann lange.
»Ganz viel Vergnügen, mein Schatz«, sagte sie.
»Dir auch, Mama«, sagte Pieter. Er bemühte sich, tapfer zu klingen. Ida und Dirk wollten eine Woche segeln gehen, während Pieter in Italien war.

 Es brannte ein wenig in seinen Augen. Drei Wochen kamen ihm auf einmal furchtbar lang vor.

Das Fliegen gefiel ihm gut. Er saß am Fenster, und die Stewardess brachte ihm Limonade im Plastikbecher und kleine Chipstüten. Er bekam auch Essen in einem Plastiktablett mit Fächern. Jede Sorte Essen war in einem extra Fach.
Sie flogen ganz hoch, manchmal bis über die Wolken. Das war ein witziger Anblick, all die puppenkleinen Häuser da unten.
Der Flughafen, auf dem sie landeten, war viel kleiner als der in Amsterdam.
Pieter musste eine Treppe hinabgehen und stand dann plötzlich auf der Landebahn. Die Hitze legte sich wie eine warme Decke über ihn. Die Luft über dem Asphalt flimmerte davon.
Die nette Stewardess ging mit ihm seinen Koffer holen, der auf einem Laufband kam. Anschließend brachte sie ihn durch die Absperrung in die Ankunftshalle.

Pieter guckte sich suchend nach Herrn Bellmann um. Es wimmelte von Leuten mit Gepäckkarren und Koffern und Taschen, nur Herr Bellmann war nirgends zu sehen.

Die Stewardess fragte freundlich: »Siehst du irgendwo deinen Vater?«

Er schüttelte den Kopf, aber im gleichen Moment hörte er seinen Namen rufen. Pieter bekam einen Riesenschreck. Er sah auf. Jemand winkte ihm zu. Hendrik!

Es war so seltsam, ihn nach der langen Zeit wieder zu sehen, dass Pieter völlig vergaß, in die andere Richtung zu gucken. Hendrik sah ganz anders aus als gewohnt. Sein Haar stand wirr um den Kopf, und er war von der Sonne gebräunt. Und trotzdem war es Hendrik. Hendriks lachende Augen, die ihn ansahen, Hendriks Stimme, die ihn begrüßte.

Für einen Moment vergaß Pieter, dass er böse auf Hendrik war. Er wollte auf ihn zurennen und ihm um den Hals fallen. Fast hätte er es getan, aber da

 fiel ihm gerade noch rechtzeitig ein, was er sich vorgenommen hatte.

»Na, mein Großer!« Mit einem breiten Lachen stand Hendrik vor ihm.

Pieter presste die Kiefer fest zusammen und guckte stur geradeaus, einfach durch Hendrik hindurch. Als Hendrik ihm die Hand hinhielt, tat er, als würde er es nicht sehen. Hendrik grinste leicht dämlich und schüttelte dann der Stewardess die Hand.

»Tschüs, Pieter«, sagte die Stewardess. »Es war nett, mit dir zu fliegen. Schöne Ferien!«

»Okay, andiamo«, sagte Hendrik munter. Er wollte Pieter die Hand auf die Schulter legen, aber der duckte sich weg. Hendriks Grinsen verschwand.

»Das bedeutet: gehen wir«, sagte er mit einem Seufzer. »Herr Bellmann wartet auf dich.«

Im Auto setzte Pieter sich auf die Rückbank, obwohl Hendrik sagte, er dürfe vorn sitzen.

Es war ein ganzes Stück zu fahren, und es war

Das Geflapper kam von dem Drachen

sehr warm. Zum Glück ließ Hendrik ihn in Ruhe, weil er sich auf den dichten Verkehr konzentrieren musste.

Schweigend betrachtete Pieter die vorbeiziehende Landschaft. Sonnenblumenfelder und grüne Hügel mit kleinen Dörfern darauf lagen im Sonnenschein. Aber Pieters Augen schweiften immer wieder versehentlich zu Hendrik. Da begegnete er Hendriks Blick im Rückspiegel. Schnell guckte er wieder nach draußen.

Erst als sie von der großen Straße abbogen und über schmalere Schlängelsträßchen in die Berge fuhren, begann Hendrik mit ihm zu reden. »Schau mal, da in der Ferne kannst du schon den Monte Luna sehen. Er ist der höchste Berg der Gegend.« Pieter reagierte nicht. Er guckte auch absichtlich nicht dorthin wo Hendrik hinzeigte.

»Luna heißt Mond auf Italienisch.« Das wusste Pieter längst, denn Herr Bellmann hatte es ihm geschrieben. Aber das wollte er Hendrik nicht auf die Nase binden.

aber Herr Bellmann kann feste beißen

»Hast du eine Ahnung, warum der Berg Mondberg heißt?« Hendrik sah Pieter im Rückspiegel an. Pieter sagte nichts und guckte unverwandt nach draußen.
Wieder seufzte Hendrik. »Ich auch nicht.«

Schließlich bog Hendrik an einem hölzernen Wegweiser ab, auf dem *Casa Felice* stand.
Jetzt ging es nach oben, den Berg hinauf. Der Weg bestand gerade mal aus zwei Kiesspuren mit Gras dazwischen. Das Auto ruckelte durch Schlaglöcher. Hendrik erklärte, das komme durch die Rinnen, die man gehackt habe, damit das Regenwasser abfloss. »Sonst wird bei einem tüchtigen Regenguss die ganze Straße weggespült.«
Pieter fand es übertrieben, dass Hendrik den Weg eine Straße nannte.
Er konnte sich auch nicht vorstellen, dass es hier jemals regnete. Es war heiß, und alles wirkte trocken und staubig. Die Reifen des Autos wirbelten Staubwolken auf.

und als der Drache sich auf ihn stürzt… legt er ihn um!

Als sie an einem Haus vorbeikamen, wurde Pieter aufmerksam. Das musste Gesuinas Haus sein! Eine Frau im schwarzen Kleid war dabei, bunte Topfblumen zu gießen, die überall auf dem Hof standen.

Sie richtete sich auf und winkte freundlich. Hendrik hob grüßend die Hand.

»Das ist Gesuina«, sagte er. »Die Nachbarin. Sie ist ein richtiger Schatz.«

Misstrauisch spähte Pieter über die Schulter. Ihm brauchte Hendrik nichts weiszumachen. Er wusste längst, dass Gesuina Stachelschweine briet und eigenhändig Hühner schlachtete. Der war nicht zu trauen.

Er sah sich nach einem hässlichen dicken Kater mit nur einem Auge um, aber Piccolo war nirgends zu entdecken.

»Noch ein Stück weiter hoch, dann sind wir da.«

Nach der nächsten Kurve sah Pieter das Haus. Es war an den Hügel gebaut. Mit seinen großen Steinen und den roten Dachziegeln stand es am

Hang, als wäre es schon immer da gewesen. Genau wie Herr Bellmann geschrieben hatte.

Und dann sah er Herrn Bellmann. Aufgeregt mit dem Schwanz wedelnd rannte er auf sie zu. Mit einem Freudenschrei stürmte Pieter aus dem Auto und fiel Herrn Bellmann um den Hals.

»Immer mit der Ruhe«, sagte Hendrik lachend.

Niemand hörte auf ihn. Pieter und Herr Bellmann sprangen wie die Verrückten umeinander herum. Sie wälzten sich zusammen auf dem Boden.

Pieter prustete los, als Herr Bellmann ihm ungestüm das Gesicht leckte.

»Du hast ihm gefehlt«, sagte Hendrik, der die Szene beobachtete.

»Dein Geschenk!«, fiel Pieter plötzlich ein. Beim Anblick des Tennisballs geriet Herr Bellmann vollends aus dem Häuschen.

Kopfschüttelnd holte Hendrik Pieters Koffer aus dem Auto.

»Nachher zeige ich dir alles!«, rief er, bevor er mit dem Koffer im Haus verschwand.

Pieter konnte es kaum erwarten, alles zu sehen, aber dazu brauchte er Hendrik nun wirklich nicht.
»Komm, Herr Bellmann!«, rief er.

Zuallererst begrüßten sie Sok & Sok & Co. Sie guckten Pieter mit schräg gelegtem Kopf aus funkelnden Äuglein an und gaben ein klägliches Gegacker von sich. Danach staksten sie weiter durch den Hühnerstall. Das sah total witzig aus. Bedächtig hoben sie einen Fuß und standen dann kurz auf einem Bein, bevor sie ihn vorsichtig wieder absetzten. Als lägen überall im Stall Stecknadeln herum. Bei jedem Schritt nickten sie höflich mit dem Kopf. Pieter konnte sich kaum sattsehen, aber er wollte auch noch den Rest erkunden.
Im Gemüsegarten standen die Pflanzen schön ordentlich in Reihen. Die vielen orangeroten Tomaten waren von der Sonne ganz warm. Außerdem gab es Reihen mit Paprika und Auberginen und Gurken. Pieter konnte fast nicht glauben, dass Hendrik diesen riesengroßen Garten ganz allein

angelegt hatte. Hendrik, der mit Krawatte und blank geputzten Schuhen von der Arbeit nach Hause kam und sich die Zeitung vornahm. Aber Herr Bellmann hatte es selbst geschrieben.

Pieter unterzog das Kartoffelbeet einer gründlichen Musterung und suchte die Stelle, an der das Stachelschwein den Tunnel gegraben hatte. Er glaubte sie entdeckt zu haben, war sich aber nicht ganz sicher. Schade, dass er Hendrik nicht danach fragen konnte.

Das Allertollste aber war der See. Ein richtiger See mit Schilf drumherum und einem kleinen Steg am Ufer.

Pieter sah einen Frosch beim Brustschwimmen und verspürte auf einmal große Lust, auch ins Wasser zu gehen. Er schlüpfte aus den Kleidern und sprang kurzerhand splitternackt in den See. Das Wasser war kalt und prickelte auf der Haut.

Herr Bellmann hockte in sicherer Entfernung im Schatten eines Baumes und schaute zu. Er keuchte, die Zunge hing ihm aus der Schnauze.

Als Pieter einige Zeit später erfrischt zum Haus zurückkam, saß Hendrik auf der Veranda. Er beobachtete von weitem, wie Pieter und Herr Bellmann Ball spielten.

Die Sonne sank wie ein roter Ball ins Tal und tauchte das Haus in eine warme Glut.

Pieter hielt den Atem an. Es sah wunderschön aus. Ja, jetzt konnte er gut verstehen, dass Herr Bellmann geschrieben hatte, hier sei es schöner als in der Stadt.

Er warf einen schnellen Blick auf Hendrik.

»Casa Felice«, sagte Hendrik und ließ den Blick genüsslich über das Tal schweifen.

Mit einem Mal war es dunkel. Pieter staunte, wie rasch hier die Nacht hereinbrach. Im einen Moment dämmerte es noch, und schwupps, war es dunkel. Und es wurde auch viel früher dunkel als zu Hause.

Im gleichen Augenblick setzte ohrenbetäubend laut das Zirpen der Grillen ein.

 Tausende und Abertausende Grillen.
Pieter war sicher, dass er bei diesem Radau nie und nimmer würde schlafen können.
»Essen!«, rief Hendrik aus der erleuchteten Haustür.
Da merkte Pieter, dass er einen Bärenhunger hatte. So blieb ihm nichts anderes übrig, als reinzugehen und sich zu Hendrik an den Tisch zu setzen.
Das Zimmer war zugleich Küche. Es hatte einen offenen Kamin, aber darin brannte kein Feuer. Das war nicht nötig, denn es war so schon warm genug.
Der Boden und alle Wände waren aus Stein, und an der Decke verliefen dicke Balken. Es standen nicht viele Möbel im Zimmer, nur ein Holztisch und ein paar Stühle.
Hendrik hatte in einem großen verbeulten Topf Spaghetti gekocht. Er schöpfte Tomatensoße darauf, rieb einen Berg Käse darüber und stellte Pieter einen Teller voll hin.

»Bitte sehr. Tomaten aus dem eigenen Garten.«
Es schmeckte ganz prima, das musste Pieter zugeben, aber zu Hendrik wollte er das nicht sagen. Sie saßen einander gegenüber am Tisch. Pieter merkte sehr wohl, dass Hendrik darauf brannte, ihn alles Mögliche zu fragen. Aber er ließ es sein. Er hat kapiert, dass er eh keine Antwort kriegt, dachte Pieter zufrieden.
Auf einmal musste er ganz furchtbar gähnen. Die Augen fielen ihm fast zu.
Hendrik sah es und sagte: »Komm, ich zeig dir jetzt dein Zimmer.«
Das Zimmer war klein. Auf dem Bett lag eine bunte Decke, und daneben stand ein niedriges Tischchen, außerdem gab es eine Kommode mit Schubladen. Hendrik hatte Pieters Koffer auf einen Stuhl gestellt und seinen Schlafanzug auf dem Bett bereitgelegt.
An der Wand über der Kommode hing ein Bogen und auf der Kommode selbst lag ein Bündel Pfeile.

Pieters Müdigkeit war mit einem Schlag weg. Er ging zur Kommode und betrachtete voller Bewunderung den großen stabilen Bogen. Er befühlte die straff gespannte Sehne. Damit konnte man einen Pfeil kilometerweit schießen.
Die Pfeile waren aus geraden Zweigen geschnitzt, vorne spitz und hinten mit ein paar Federn.
»Fürs Gleichgewicht«, sagte Hendrik hinter ihm. »Damit kannst du kerzengerade schießen.« Er bemühte sich vergeblich um einen bescheidenen Gesichtsausdruck. »Natürlich darfst du nur auf Heuballen schießen.«
Pieter drehte sich um. Das könnte Hendrik so passen; er würde überhaupt nicht damit schießen. Er brauchte Hendriks Pfeil und Bogen nicht.
Wortlos zog er seinen Schlafanzug an und schlüpfte ins Bett.
Hendrik sagte nichts von wegen Waschen und Zähneputzen. Nur gut, dass Ida das nicht wusste.
»Schlaf gut.« Hendrik machte das Licht aus und

ging aus dem Zimmer. Sogleich war es stockfinster. Pieter starrte in die Dunkelheit. Weil am Fenster keine Vorhänge waren, konnte er ein Stück vom Nachthimmel sehen, an dem ein paar helle Sterne funkelten.

Irgendwie schade, dass er den schönen Pfeil und Bogen nicht benutzen konnte, aber er war hoch zufrieden, dass er sich nicht von Hendriks Geschenk hatte beeindrucken lassen.

Bloß … wie kam es dann, dass er tief im Innern trotzdem so ein leicht komisches Gefühl hatte?

Mitten in der Nacht schreckte Pieter hoch. Im schwachen Mondlicht sah er den Bogen über der Kommode hängen. Ein merkwürdiges Geräusch hatte ihn geweckt, ein gespenstischer langer Klagelaut. Sein Herz hämmerte, während er lauschte.

Die Nacht war von ungewohnten Lauten erfüllt. Das Zirpen der Grillen draußen erkannte er, aber irgendwo im Haus war da noch ein seltsames Ge-

 räusch, eine Art Sägen. Es kam ihm bekannt vor, aber er konnte es nicht gleich zuordnen.

Wieder der lang gezogene klägliche Ruf. Er kam von draußen. Ein paar Mal noch erklang er, einmal nahe am Haus, dann wieder weiter entfernt. Pieter lauschte ängstlich und mit hämmerndem Herzen.

Als die Tür langsam aufging, erstarrte er vor Schreck. Aber gleich darauf erkannte er das Klicken von Krallen auf dem Boden.

Herr Bellmann!

»Komm her, Herr Bellmann«, flüsterte er erleichtert.

Ein dumpfer Plumps auf dem Bett. Pieter legte den Arm um den warmen Hundekörper und schmiegte sein Gesicht an Herrn Bellmanns Fell. Er konnte gerade noch denken, dass das Sägen Hendriks Schnarchen war. Dann fiel er in tiefen Schlaf.

Kapitel 13

Als Pieter aufwachte, stand die Sonne schon hoch am Himmel. Er suchte in seinem Koffer nach einer kurzen Hose. Dabei geriet, ohne dass er es wollte, Idas ordentlicher Stapel heillos durcheinander.
Herr Bellmann war nirgends zu sehen und Hendrik auch nicht.
Pieter überlegte, dass er dann rasch mal den Pfeil und Bogen ausprobieren könnte. Er wollte ihn schnell wieder zurückhängen, wenn Hendrik sich zeigte, denn der brauchte das nicht zu merken.
Er holte den Pfeil und Bogen aus seinem Zimmer. Am besten ging er ein Stück vom Haus weg, damit er ungestört üben konnte, also schlug er den Weg bergab ein.
Zwischen Bäumen und Sträuchern fand er eine

geeignete Stelle und legte einen Pfeil an. Er spannte die Sehne und ließ los. Der Pfeil sauste davon. Kerzengerade durch die Luft, genau wie Hendrik gesagt hatte.

Pieter rannte hinterher, um den Pfeil zu suchen. Erst ein ganzes Stück weiter fand er ihn.

Beim zweiten Mal flog der Pfeil noch weiter als zuvor und verschwand hinter ein paar Sträuchern.

Pieter hängte sich den Bogen über die Schulter, ging um die Sträucher herum und machte sich auf die Suche.

Auf einmal stand er vor Gesuinas Haus.

Vor einem niedrigen Schuppen neben dem Haus hockte Piccolo. Gespannt beobachtete er, was in dem dunklen Schuppen vor sich ging.

Er saß regungslos da, nur sein Schwanz machte ab und zu einen kleinen Ruck.

Auf einmal war da eine Bewegung, und Gesuina kam heraus.

Sie trug eine geblümte Schürze über ihrem

schwarzen Kleid und mit der Hand hielt sie ein Huhn an den Füßen fest.
Pieter stand da wie vom Donner gerührt. Das Huhn hatte keinen Kopf! Wo der Kopf gewesen war, war nur noch ein blutiges Stück Hals. Das Huhn-ohne-Kopf schlug mit den Flügeln, als wüsste es nicht, dass es keinen Kopf mehr hatte.
Mühsam unterdrückte Pieter einen Entsetzensschrei. Er sah, wie Gesuina Piccolo etwas zuwarf. Es war der Kopf des Huhns. Piccolo stürzte sich darauf, blitzschnell für einen so dicken Kater. Dann schlich er davon, der Hühnerkopf baumelte aus seiner Schnauze.
Gesuina hatte Pieter entdeckt und kam in seine Richtung. Sie rief ihm allerlei zu, das er nicht verstand, und gestikulierte, wobei sie das Huhn-ohne-Kopf herumschwenkte. Jetzt flatterte es nicht mehr.
Pieter riss sich los und rannte davon. Er rannte den ganzen Weg zurück zu Hendriks Haus.
Hendrik war noch immer nicht zu sehen, und

auch Herrn Bellmann konnte er nirgends entdecken.
Am Hühnerstall blieb er keuchend stehen.
Sok & Sok & Co. staksten leise gackernd herum. Sie ahnten nichts von dem Gemetzel, das ein Stück entfernt stattgefunden hatte.
Auf einmal hörte Pieter Hendriks Stimme hinter sich: »Na? Klappt es gut?«
Ruckartig drehte er sich um. Hendrik schaute ihn mit zufriedenem Lachen an.
Er hatte den Bogen noch umhängen! Jetzt war es zu spät, Hendrik hatte es gesehen. Voll gemein von ihm, sich so anzuschleichen!
Wütend zerrte Pieter den Bogen von seiner Schulter und warf ihn auf den Boden, Hendrik vor die Füße. Die Pfeile schmiss er dazu.
In seiner Wut wollte er weglaufen, aber Hendrik hielt ihn zurück.
»Mir ist schon klar, dass ich es nicht besser verdient habe«, sagte er, »aber ich hatte trotzdem gehofft, du würdest mir eine Chance geben.«

Er schaute bekümmert drein. Aber Pieter wollte kein Mitleid mit ihm bekommen. Vergiss es!, dachte er und guckte rasch weg, damit er Hendriks traurigen Blick nicht zu sehen brauchte.
Er drehte sich um und rannte Herrn Bellmann entgegen, der gerade auf den Hof kam. Es kümmerte ihn nicht, dass Hendrik ihm nachrief, ob er denn etwas gegessen habe. Er rannte zu dem Weg, der bergan führte. Herr Bellmann sprang munter um ihn herum und folgte ihm.
Pieter beschloss, sich erst einmal nicht mehr zu zeigen. Er wollte mit Herrn Bellmann auf Abenteuersuche gehen und den Rest des Tages wegbleiben. Erst wiederkommen, wenn es dunkel war. Oder aber überhaupt nicht mehr wiederkommen. Er könnte ja auch den ganzen Sommer durch die Hügel streifen, bis es Zeit war, wieder nach Hause zu gehen.
Zum Wohnen könnte er sich eine Höhle suchen und aus einer Quelle Wasser trinken. Er könnte von Obst und Nüssen leben, wie die Indianer.

Schade war nur, dass er den Pfeil und Bogen nicht mitgenommen hatte. Die hätte er gut gebrauchen können.
Aber daran ließ sich nichts ändern.
Hendrik hatte sich im Gemüsegarten an die Arbeit gemacht. Pieter sah, wie er sich ab und zu aufrichtete und suchend umherspähte.
Pieter musste ungesehen verschwinden. Er schlich von einem Strauch zum anderen. Vom letzten Strauch aus rannte er geduckt zu dem Weg, der am See vorbei führte und von dort aus weiter bergan.
Herr Bellmann holte ihn mit ein paar großen Sprüngen ein.

Kapitel 14

Im Wald war es kühler. Es roch stark nach Tannennadeln. Pieter warf Tannenzapfen, und Herr Bellmann brachte sie zurück. Manchmal verschwand er im Gebüsch und tauchte dann unter lautem Knacken ganz woanders wieder auf.

Als sie aus dem Wald kamen, brannte ihnen die Sonne direkt auf den Kopf. Sie waren inzwischen ziemlich weit oben am Berg. Man konnte das Tal ein ganzes Stück überblicken. Unten war gerade noch das rote Ziegeldach von Hendriks Haus zu sehen.

Sie fanden Brombeeren, ein Glück, denn Pieter hatte Hunger bekommen. Die meisten waren noch hart und sauer, aber es waren auch ein paar schwarze, saftige dabei. Pieter fand es witzig anzusehen, wie Herr Bellmann mit den Vorder-

 zähnen ganz vorsichtig die Brombeeren abzupfte. Es sah gerade so aus, als würde er lachen.

»Wir müssen eine Quelle suchen«, sagte Pieter zu Herrn Bellmann. Vom langen Gehen in der heißen Sonne hatte er mächtig Durst bekommen. Herr Bellmann guckte ihn an und begann dann herumzuschnüffeln.
Sie suchten eine ganze Weile, fanden aber nichts.
»Wenn wir nirgends Wasser finden, müssen wir womöglich zurück«, meinte Pieter düster.
Da sah er Herrn Bellmann in einem schmalen Spalt zwischen zwei Felsblöcken verschwinden. Schnell lief er Herrn Bellmann nach. Er passte gerade eben durch den Spalt, und als er sich durchgezwängt hatte, stieß er einen Freudenschrei aus. Herr Bellmann hatte eine Quelle gefunden!
Aus der Felswand sprudelte klares Wasser hervor.
»Kluger Hund!«
Sie tranken abwechselnd.

Herr Bellmann erzählte, was er entdeckt hatte

Im getrockneten Schlamm unterhalb der Quelle sah Pieter Spuren. Es waren Abdrücke von kräftigen Krallen. Pieter musste an die Krallen eines Drachen denken. Kein riesengroßer Drache, aber doch ein ganz stattlicher kleiner Drache. Er wurde leicht unruhig. Nicht sehr, denn schließlich war Herr Bellmann bei ihm, aber ein klein wenig schon. Zu blöd, dass er den Pfeil und Bogen nicht dabei hatte.

Die Sonne hatte schon zu sinken begonnen und die Farben waren anders geworden. Alles war jetzt leicht rosa und warf lange Schatten. In der Ferne erklang ganz leise Hendriks Stimme: »Pieeee-ter …!«, danach der grelle Pfiff, mit dem Hendrik Herrn Bellmann immer rief.

Herr Bellmann spitzte die Ohren und rannte ein Stück den Hang hinab.

Pieter aber wollte nicht zurück.

»Komm, Herr Bellmann!«, rief er und setzte sich in die andere Richtung in Bewegung. Der Weg führte hier steil bergan.

Als Pieter sich umsah, merkte er, dass Herr Bellmann ihm nicht folgte.

»Nein, Herr Bellmann!«, rief Pieter streng. »Wir gehen nicht zurück. Komm!«

Herr Bellmann würde ihn doch wohl nicht im Stich lassen?

Aber Herr Bellmann kam nicht. Pieters Stimme klang schrill, als er zum dritten Mal rief: »Herr Bellmann! Komm jetzt!« Statt zu kommen trabte Herr Bellmann weiter bergab und blickte sich dann kurz um.

Pieter kamen die Tränen. Blindlings stieg er den Hang hoch, ohne noch einmal zurückzuschauen. Er wollte nicht sehen, wie Herr Bellmann, sein bester Freund, ihn verließ.

Auf einmal jedoch sauste Herr Bellmann an ihm vorbei. Pieter war so erleichtert, dass er einen kleinen Freudentanz aufführte und dabei fast den Hang hinabgerutscht wäre.

»Du lässt mich nicht im Stich, was?«, flüsterte er Herrn Bellmann zu.

Herr Bellmann sah ihn mit schräg gelegtem Kopf an, als wollte er etwas sagen.
Weit weg erklang wieder Hendriks Stimme: »Pieee-ter!«
»Komm mit, Herr Bellmann«, sagte Pieter und wollte weiter bergauf. Aber Herr Bellmann blieb vor ihm stehen. Er gab ein tiefes Knurren von sich und versperrte Pieter den Weg.
»Nun hab dich nicht so ...«, begann Pieter leicht ärgerlich. Er wollte an Herrn Bellmann vorbei, und da passierte plötzlich alles zugleich. Aus den Augenwinkeln sah Pieter etwas auf sich zuschnellen, und im selben Moment sprang Herr Bellmann knurrend nach vorn. Seine Zähne blitzten. Das Knurren ging in ein Jaulen über, und Pieter sah eine gestreifte Schlange zwischen den Steinen verschwinden.
Das Herz schlug ihm bis zum Hals. Alles war innerhalb weniger Sekunden passiert.
Erschrocken schaute er Herrn Bellmann an, der am Boden lag, und kauerte neben ihm nieder.

ABER DA ... sprang Dsche-su-iena aus ihrem Versteck!

»Danke«, stammelte er und strich Herrn Bellmann über den Kopf.

Herr Bellmann jaulte leise und leckte sich die Pfote, aus der ein Blutstropfen quoll. Die Schlange hatte ihn gebissen!

»Komm, wir gehen nach Hause«, sagte Pieter mit zittriger Stimme. Aber Herr Bellmann stand nicht auf.

Vor lauter Angst wurde Pieter ganz kalt. Er musste etwas tun, sonst würde Herr Bellmann hier sterben.

»Warte«, sagte er. »Ich hol Hilfe. Ich hol Hendrik.«

Herr Bellmann sah Pieter mit treuem Blick an und holte pfeifend Atem. Pieter kamen die Tränen.

»Hab keine Angst. Ich bin ganz bald wieder da. Ich lass dich nicht im Stich.«

Dann rannte er ganz schnell den Berg hinab. Erst jetzt merkte er, wie niedrig die Sonne stand, und ihm fiel ein, wie rasch es am Abend zuvor dunkel geworden war. Er rannte so schnell er nur konn-

Herr Bellmann rannte ... aber er konnte sie nicht einholen

te. Er bekam Seitenstechen und hatte das Gefühl, gleich würde seine Lunge platzen. Aber er dachte gar nicht daran, stehen zu bleiben und zu verschnaufen.

Im Wald war es schon fast dunkel. Pieter wusste nicht mehr, wie sie gegangen waren. Die Bäume sahen alle gleich aus.

Er blieb stehen und sah sich panisch um.

In diesem Moment erklang ganz in der Nähe ein schauerlicher Klagelaut. Pieter spürte, wie seine Nackenhaare sich aufstellten.

Plötzlich flog zwischen den Bäumen hervor ein weißes Gespenst mit runden gelben Augen auf ihn zu. Pieter stieß einen lauten Angstschrei aus und rannte los, im Zickzack durch den Wald.

Aus der Dunkelheit, gar nicht so weit weg, erklang Hendriks Stimme: »Pieter!«

»Papa!«, rief Pieter. Vor Erleichterung hätte er heulen können.

Ein Lichtchen tanzte heran, und dann stand Hendrik mit einer Lampe vor ihm.

»Ich suche dich schon seit Stunden …«, begann er mit strengem Tonfall. Aber als er Pieters verstörtes Gesicht sah, brach er ab.
Außer Atem stieß Pieter hervor: »Herr Bellmann … eine Schlange … du musst helfen!«
Es dauerte nicht lange, und Pieter hatte erklärt, was passiert war. Hendrik biss sich auf die Lippe und überlegte. Dann sagte er: »Ich muss zu Hause das Gegengift holen. Herr Bellmann muss es möglichst rasch bekommen, sonst stirbt er. Am schnellsten geht es, wenn ich nach Hause renne und du wartest hier.«
Pieter nickte beklommen. Er wollte nicht wegen des Gespensts herumjammern, denn am wichtigsten war, dass Herr Bellmann möglichst schnell das Mittel bekam.
Hendrik wies Pieter an, sich neben einen Baum zu setzen, und gab ihm die Lampe. »In ein paar Minuten bin ich wieder da«, versprach er.
Es waren lange Minuten, in denen Pieter im Lichtkreis der Lampe und vom dunklen Wald

umgeben auf Hendrik wartete. Und die ganze Zeit über hatte er nur einen Gedanken: Herr Bellmann darf nicht sterben!
Er war froh, als Hendrik wieder aus der Dunkelheit auftauchte.
»So, nun zeig mir, wo er ist«, sagte Hendrik.
Als sie bei Herrn Bellmann ankamen, setzte Pieters Herz einen Moment aus. Herr Bellmann lag auf der Seite und hatte Schaum vorm Mund. War er tot?
Als Hendrik sich neben ihn kniete, schlug er die Augen auf.
»Gut so, mein Junge, alles wird gut.« Hendriks Stimme war leise und tröstend.
In der Schachtel, die er dabei hatte, waren eine Injektionsnadel und Gegengift. Pieter traute sich nicht hinzusehen, als Hendrik Herrn Bellmann die Spritze gab. Aber es war im Nu vorbei.
»Mehr können wir nicht tun«, sagte Hendrik zu Pieter.

Hendrik trug Herrn Bellmann den Berg hinab. Pieter hielt die Lampe.
Als sie durch den Wald gingen, stieß das Gespenst irgendwo über ihnen seine Wehklage aus. Pieter ging sicherheitshalber etwas näher bei Hendrik.
»Das ist bloß eine Eule«, sagte Hendrik.

Zu Hause in der Küche legte Hendrik Herrn Bellmann auf seine Decke.
»Stirbt er?«, fragte Pieter mit piepsiger Stimme.
»Ich weiß es nicht«, antwortete Hendrik. »Ein Schlangenbiss kann tödlich sein. Aber Herr Bellmann ist kräftig. Wir müssen abwarten. Wenn er die Nacht übersteht, dann wird alles gut.«

Kapitel 15

Pieter würde die Nacht, in der er mit Hendrik bei Herrn Bellmann wachte, niemals vergessen.
Sie saßen neben Herrn Bellmann in der Küche und konnten nichts tun außer abzuwarten.
Hendrik sagte, er sei froh, dass Pieter wieder mit ihm rede.
Pieter wurde klar, dass das stimmte: Er hatte mit Hendrik geredet. Er hatte sich überhaupt nichts dabei gedacht. Außerdem war ihm ja nichts anderes übrig geblieben, weil es um Herrn Bellmann ging. Vielleicht zählte das Reden in diesem Fall nicht. Dann könnte er jetzt wieder mit dem Nichtreden weitermachen.
Aber eigentlich hatte er keine Lust mehr, nicht mit Hendrik zu reden.
Hendrik sah ihn an und sagte: »Ich verstehe gut,

 dass du böse auf mich bist.« Da wurde Pieter noch etwas klar: Er war gar nicht mehr böse. Wann es genau aufgehört hatte, wusste er nicht. Vielleicht vorhin, als Hendrik Herrn Bellmann den Berg hinab nach Hause getragen hatte. Vielleicht auch schon früher.

»Aber es ist immer besser, man redet miteinander, auch wenn man noch so böse ist«, fuhr Hendrik fort.

Da sagte Pieter: »Man kann doch nicht mit einem reden, der fortgegangen ist und irgendwo weit weg in einem anderen Land wohnt.«

Hendrik nickte. »Da hast du allerdings Recht. Obwohl es natürlich Möglichkeiten gibt, trotzdem zu reden.«

»Was für Möglichkeiten?«

»Nun …«, sagte Hendrik. »Man kann denjenigen besuchen. So wie du es gemacht hast. Oder schreiben.«

»Ja«, nickte Pieter, »so wie Herr Bellmann es gemacht hat.«

Hendrik nickte.
Nun da sie wieder miteinander redeten, gab es auf einmal ungeheuer viel zu erzählen.
Pieter erzählte, dass Herr Bellmann die Schlange verjagt hatte. »Sonst hätte sie mich gebissen«, sagte er.
Hendrik meinte, an so was wolle er lieber gar nicht denken. »Herr Bellmann hat dir das Leben gerettet«, sagte er. »Ich hab ja schon immer gesagt, dass er ein ganz besonderer Hund ist.«
Dann erzählte Pieter von der Quelle, die Herr Bellmann gefunden hatte.
Hendrik war total erstaunt. »Stell dir das mal vor!«, sagte er. »Eine echte Quelle. Ist das nicht toll? Und die findet Herr Bellmann einfach so!«
Dann sahen sie bedrückt zu Herrn Bellmann hin, der nach wie vor regungslos auf seiner Decke lag.
Später erzählte Hendrik, warum er fortgegangen war. »Es ging nicht anders. Mama und ich … wir

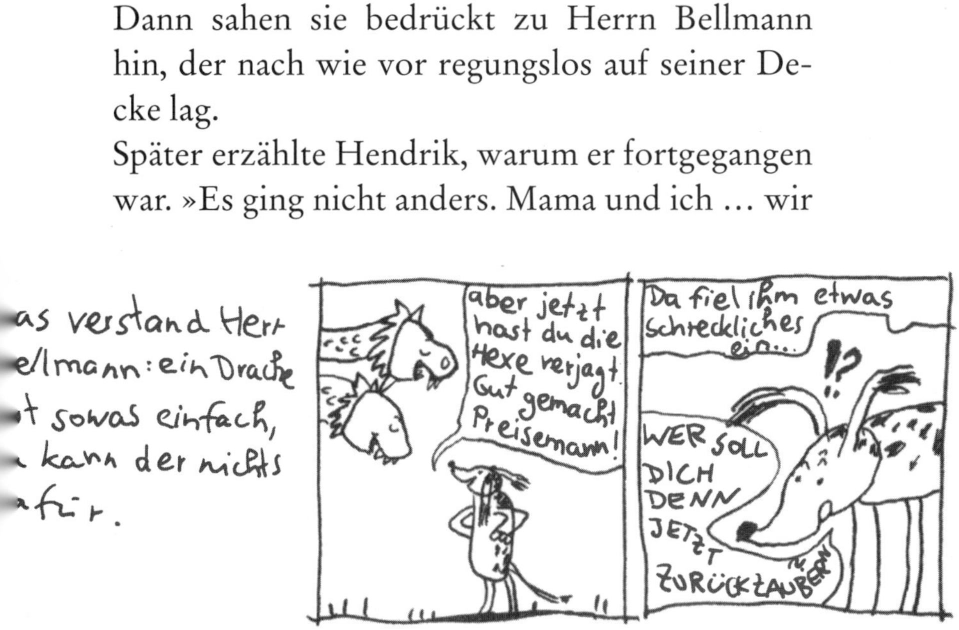

machten einander nicht glücklich. Ich musste einfach weg, sonst wäre es nur noch schlimmer geworden. Aber dich im Stich zu lassen, das war das Allerschlimmste.«

»Und du hast Herrn Bellmann mitgenommen«, sagte Pieter vorwurfsvoll. »Das war voll gemein.«

»Gemein? Ich konnte ihn doch nicht da lassen. Das wäre erst so richtig gemein gewesen. Herr Bellmann fühlt sich hier zu Hause, nicht in der Stadt.«

Pieter sagte: »Er wird doch wieder gesund, Papa, oder? Damit er im Sonnenschein im Gras rumrennen kann.«

Hendrik strich ihm übers Haar. »Er wird gesund. Bestimmt.«

Pieter wurde wach, als ihn etwas an der Nase kitzelte. Verschlafen guckte er sich um. Er saß immer noch auf Hendriks Schoß. Hendriks Kopf lag schräg auf der Stuhllehne, und jedes Mal, wenn er

ausatmete, flatterte ein Wollfädchen von seinem zipfeligen Pullover in Pieters Gesicht.
Mit einem Satz war Pieter auf den Beinen. Herr Bellmann!
Die Decke war leer. Erschrocken guckte Pieter sich um.
Da sah er Herrn Bellmann aus seinem Wassernapf trinken.
Pieters Freudenschrei weckte Hendrik.
»Papa! Herr Bellmann ist gesund!!«

Die Wochen danach vergingen wie im Flug. Pieter schoss mit Pfeil und Bogen auf Heuballen und spielte mit Herrn Bellmann. Er schwamm mit Hendrik im See, und sie lachten über Herrn Bellmann, der sich in sicherer Entfernung hielt, wenn sie um die Wette Arschbomben machten, dass das Wasser nur so spritzte.
Eines Morgens kam der Postbote mit seinem Motorroller den Berg herauf. Herr Bellmann tobte wie wild herum.

»Bellmann, du Rabauke, halt die Schnauze!«, rief Hendrik. Zu Pieter sagte er: »Er ist wieder ganz der Alte.«

Der Postbote brachte zwei Briefe, einen für Pieter und einen für Hendrik. Sie waren beide von Ida.

Als Pieter den Umschlag aufriss, fiel etwas heraus.

Es war ein Foto von Ida auf einem Segelboot.

»Ist das nicht Dirks Boot?«, fragte Hendrik, als er das Foto sah.

»Kann schon sein«, sagte Pieter.

Ida schrieb: *Mein lieber Junge, wie geht es dir? Ich hoffe, es gefällt dir dort.*

Anschließend jede Menge *denkst-du-auch-daran-dass* und *du-darfst-auf-keinen-Fall.*

Sie schrieb noch, dass sie ihre Prüfung bestanden habe. Pieter freute sich darüber.

Aber die ganz große Neuigkeit kam am Schluss: Rosa Hund war wieder da! Er hatte die ganzen Monate auf Dirks Boot gelegen.

Er starrte vor Dreck, schrieb Ida. *Aber ich habe ihn gewaschen, und jetzt liegt er auf deinem Bett und wartet, dass du nach Hause kommst.*
Hendrik warf nur einen kurzen Blick auf seinen Brief, faltete ihn dann zusammen und sagte, er würde ihn später in Ruhe lesen.

Sie saßen auf der Stufe vor der Haustür. Der Abend war kühl, aber die Steine vom Haus strahlten noch Wärme von dem vergangenen sonnigen Tag ab. Herr Bellmann kam getrottet und ließ sich zu Hendriks Füßen plumpsen. Mit einem tiefen Seufzer schloss er die Augen.
Die Ferien waren fast um. Pieter musste demnächst zurück nach Hause. Beim Gedanken daran spürte er wieder das Ei im Magen.
Die Vorstellung, dass Hendrik und Herr Bellmann lieber ohne ihn *hier* waren als mit ihm *dort*, machte ihn traurig, und das sagte er zu Hendrik.
Hendrik sagte: »Am *allerliebsten* wäre ich natürlich hier *mit* dir. Aber das geht auch nicht, denn

dann würdest du Mama fehlen. Man kann nie alles zugleich haben.«
»Aber vielleicht«, sagte Pieter hoffnungsvoll, »kann ich bei euch beiden sein, manchmal bei dir und manchmal bei Ida.«
Bei diesen Worten merkte er, wie das Ei zusammenschrumpfte, bis er es fast nicht mehr spürte.
»Das wäre am allerschönsten«, antwortete Hendrik. Er strahlte vor Freude übers ganze Gesicht.

Der Himmel war klar und voller Sterne. So viele Sterne hatte Pieter noch nie gesehen. Je länger er hinsah, desto mehr wurden es. Er konnte den Großen Bär und Kassiopeia erkennen.
»Paps?«
»Hmmm …?«
»Siehst du den Stern dort?«
»Wo?«
»Den kleinen. Den, der genau über der Bergspitze ist.«
»Ach ja, den.«

»Das ist Kantelius.«
»Kantelius?«
»Ja. Kannst du ihn sehen?«
»Ich glaube schon.«
Der Mond ging über dem Monte Luna auf. Genau über der Spitze.
»Paps?«
»Hmmm …?«
»Jetzt weiß ich, warum der Berg Monte Luna heißt!«
Im Mondschein verblasste der kleine Lichtpunkt Kantelius und war schließlich nicht mehr zu sehen.

KANTELIUS
Ende